異世界の王に
愛の花はほころぶ
リュリュ。──と、手を取られて、少しだけ緊張に身を強張らせた。
「お前が望むなら、私は月も星も作ろう。世界を花で満たそう」
見下ろした蒼い瞳に、リュリュの強張った顔が映っていた。

異《い》世《せ》界《かい》の王《おう》に愛《あい》の花《はな》はほころぶ

鏡《かがみ》コノエ

ILLUSTRATION：カズアキ

異世界の王に愛の花はほころぶ

LYNX ROMANCE

CONTENTS

異世界の王に
愛の花はほころぶ

神官たちによって重たげな鉄扉が開かれると、白髪の老司祭が灯《あか》りを片手に持ち、石の階段を下りていった。

白絹の法衣の裾《すそ》を僅《わず》かに引きずりながら進む司祭の後ろには、漆黒《しっこく》のフードつき長衣を纏《まと》う男が続いていく。

随分と背の高い男で、フードから覗《のぞ》く髪は緩《ゆる》く波打つ鴉《からす》の濡れ羽色をしている。左右の耳の上から伸びた大きな角《つの》が、顎《あご》の線をなぞるように半円を描き先を鋭くしていた。

石の階段を下り切ると、老司祭がすぐに振り返った。遅れて着いた男が足を止める。

男を歓迎するように闇の中で松明《たいまつ》が、ぼっ、と音を立てて、ひとりでに一つ灯《とも》った。一つ、また一つと火を放ち、やがてごつごつとした岩肌の地下ドームがオレンジ色に照らされると、清水を湛《たた》えた池が現れた。

松明は池の縁《ふち》をなぞるように灯り、標《しるべ》を教えている。

「漸《ようや》くですな。ついにユナ＝セラ——王花が満開を迎えましたぞ」

興奮を帯びた老司祭の言葉に「ああ」と短く返した男の声も心なしか熱を帯びていた。

目深《まぶか》に被っていたフードを下ろして見上げた男の蒼《あお》い双眸《そうぼう》には、六枚の花弁を広げた大輪の花が淡く白光する、神秘的なさまが映《うつ》っていた。

ユナ＝セラ——国と同じ名を持つ大花は、別名「王花」と呼ばれ、城の地下にある池の中央に浮かぶ小島に咲く至宝だ。大樹を思わせる太い茎には一枚も葉がなく、長身の男が見上げるほど高く伸びて、白い花を一つ咲かせる。

花自体が男の頭より数倍も大きい。六枚の花弁の中央には王冠のような金色の雌蕊《めしべ》が光り、更にそれを囲むように白金色をした雄蕊《おしべ》が慎《つつ》ましく輝いていた。

「オズターク様、いかがですかな？」

老司祭が花弁を照らすように灯りを高く上げたが、照らさずとも花は自身で光を放っていた。

神聖で尊い花だ。国で唯一城の地下で咲く花は、王の子を宿すための重要な母体でもある。

ユナ＝セラが咲くとき、王は生涯で一度の繁殖期を迎え、伴侶《はんりょ》とともに祈りを捧げこの花に実を宿す。その時期がついにきて、どのような気分かと老司祭は尋ねたのだろう。

男は、花と同じ名を持つ国、ユナ＝セラの若き王だった。

名をオズタークといい、この王花より生み落とされた生命体だ。

老司祭の問いに「ああ」と、オズタークはまた短く言葉を零《こぼ》して、吐息《といき》まじりに胸を押さえた。

握る手に力を込めた王の表情は、訪れたときよりも更に高揚《こうよう》している。繁殖期ゆえの昂《たかぶ》りか、待ち侘《わ》びたこの日を迎えた歓喜か。熱を帯びた感情に合わせて髪が生き物のようにゆるりと波打ち、漆黒の長衣の裾が風もないのに僅《わず》かにはためいた。

「ずっと待ち侘びていた。漸くだ。漸く我が伴侶と逢《あ》える」

この世界にのみ存在する王花が結実し、生み出すのは王の後継者だ。

王花は世界であり、世界が王を生み出す。それゆえ王はこの世界で父祖以外に同じ生命体を持たない。そして儀式によって伴侶を――生涯王とともにあり続けるに相応《ふさわ》しい存在を別世界から招くことになっている。

召喚《しょうかん》の儀式はこのユナ＝セラが満開になった夜に行われる。それがまさに今夜だった。

「お父上もお母上もこの日を心待ちにしておいででしたぞ。妃《きさき》の面会はいつにするかと、お父上は随分気の早いことを仰《おっしゃ》って」

「そうか。まだ儀式が成功するともかぎらぬのに」

緊張で強張《こわば》るオズタークの口元が、うっすらと苦笑を描いた。

「何を仰いますか。歴代の王は皆、つつがなくこのユナ＝セラへ伴侶を招いてきましたぞ。――確かに長い歴史の中で一人二人の失敗があったことは事実ですが、しかし私が司祭に就《つ》いてからは一度たりともありません。前王も、前々王も最上の奥方様を見つけることができたのですから、オズターク様とて決して失敗などなさいません！　なさるはずがありません！」

高揚を滲《にじ》ませていた王の容貌《ようぼう》に険しさの色が一瞬差すと、さきほどまで楽観的だった老司祭の言葉尻に焦りが感じられた。老司祭の声高な訴えが薄暗い地下ドームに響いて、満ちていた静寂を蹴散らす。

「大声でそう煽《あお》るな、アタハン」

オズタークは眉を顰《ひそ》め、言った。

「私とてし損じるつもりはない。だが生涯一度きりの儀式だ。緊張している」

「緊張することなど何もありませんぞ。王は伴侶を招くもの。己《おの》が本能を信じるのです」

オズタークは無言のまま一つ頷《うなず》くと、裾の長い長衣姿のまま水に脚を浸《ひた》した。

鏡のように静かだった水面がたちまち波打ち、波紋が広がっていく。黒く艶々《つやつや》とした水面を乱しながら歩くこと数歩、オズタークはふと脚を止めて頭上の大花を見上げた。

王花もまた、若き王を見守るようにこちらを見ている。

あの花は王を実らせるものだ。オズタークもこの花から生まれた。

つまり生みの親という存在なのだろう。聳《そび》え立つような圧倒的な存在感を目の前にしても、深い慈愛を感じるのはそのせいだ。

「今度は我が子を産んでくれるか？」

その問いに王花は淡く光るだけだったが、王の口元には慎ましくも穏やかな笑みがあった。

再び視線を落とし、ぬめらかに波打つ黒い水面を見た。松明の火が映り、時折オレンジのいびつな線が描かれては消えていく。

王花が満開になった夜、王は池の深きより伴侶を見つけ、この世界へと招く。

招かれた伴侶は一目会った瞬間からたちまち王に心を奪われるのだという。

ユナ＝セラという世界が王を作るのだから、その王が招く伴侶が王に心惹《ひ》かれてしまうのは当然といえば当然だろう。つまり伴侶はこの世界へ招かれた瞬間、愛の魔法にかかるのだ。それが世界の意思なのか、王の魔力によるものかは伴侶を招けばわかることだろう。

しかしオズタークは思った。

心惹かれるきっかけが魔法ではなく、伴侶の本心であればいいが――。

ささやかな願望を胸に秘め、水面に右手をゆっくりと浸していった。

水は冷たくない。腰を屈《かが》めて更に深くへと腕を入れていく。

おかしい。底が感じられない。

脚は水底に着いているし、長衣も膝の辺りまでしか濡れていないから浅いはず。しかしどんなに腕を入れても指先が底に触れようとしない。試しに大きく掻《か》いてみたが砂が巻き上がる様子もなく、水面が波打つだけだ。

底を探すように腕を入れていくうちに、二の腕までもが濡れていった。

やがて角の先や顎が濡《ぬ》れようかというそのとき、指先を何かが掠《かす》めた気がした。

目を見開くより先に躰《からだ》が反応して、オズタークは肩まで水に突き入れて今触れたものを咄嗟《とっさ》に掴んだ。

「――…ッ」

手だ――と、すぐにわかった。

しかし随分と小さな手のように感じられて、オズタークは困惑した。伴侶を招く儀式というからには、子供ではあるまいが、それにしてはあまりにも小さいような気がするのだ。

強く摑んだら砕けてしまいそうなその手を離すべきかと逡巡《しゅんじゅん》した。それほどに危うげな脆《もろ》さを感じたが、伴侶を招くためのこの儀式に二度目などあるのだろうか？　――ふと浮かんだ疑問に、オズタークは離す寸前で踏み留まった。

摑まえた手に少しばかり力を込めると、それはオズタークの手の中で脅《おび》えたように強張った。

頼む。脅えないでくれ。引き上げてしまえば魔法の作用で恐怖もなくなるだろうから。

だがそれは果たして伴侶の本心なのか……？

不安が脳裏《のうり》をよぎり、オズタークはすぐさま振り払った。

生涯で一度きりの儀式の最中に心が揺らぐことなどあってはならないが、できることならば魔法ではなく本心から愛されたいと思う。オズタークも心から愛したい。

まだ姿が見えぬ伴侶を想いながら気を引き締めて、強張るその手を一気に――果てのない混沌《こんとん》とした水底から引き上げた。

ざぁあ…！　と、静寂が満ちた地下ドームに騒々しく盛大な水音が響いた。

水面が激しく波打ち、岸へと溢《あふ》れ出している。老司祭が慌てて後ずさるなか、漆黒の水面から現れた光にオズタークは目を奪われた。

プラチナの髪に白皙《はくせき》の容貌と、落ち着いたグリーンの瞳が艶やかな青年が飛沫《しぶき》を纏いながら、オズタークの胸へと飛び込んできた。

抱き締めた躰は羽根のように軽くしなやかで、少しでも力を入れたら壊してしまう気がした。緊張でオズタークの腕が強張る。

「……なんて、小さい」

胸の中で背中を丸めるその躰の小ささに戸惑う。しかもやわらかい。

やはり子供なのだろうか。

伴侶を招くはずが、何かの間違いで子供を招いてしまったのか……？

不安に駆られて硬直するオズタークの胸の中で、小さな躰が身震いした。

全身がずぶ濡れだ。小さくて弱々しげな躰なのだ。冷えて病んでしまうのではないかと心配すると、白金色をした細い髪や瑞々《みずみず》しい肌の上を滴《しずく》が転がるように零れ落ち、やがて何事もなかったように髪も肌も、衣服もすべて乾いた。

「う……」

微《かす》かな呻《うめ》き声をきっかけに、頭がゆっくりと揺れだした。

ゆらゆらと傾くたびに細い髪がさらさらと滑り、細かな光が白く瞬《またた》く。なんて美しい髪だろうか。

こめかみにかかる金糸の束を指先で掬《すく》うと、しなやかな感触に驚いたオズタークは感激して吐息を零した。

我が伴侶は美しい。

美しくて愛らしい。しかしそれ以上に小さすぎて、あまりにも華奢《きゃしゃ》だ。

水面から引き上げた直後に抱き締めたまではいいが、力を入れることもできないし、手を離したら水の中へ落としてしまいそうだし、どちらにしても動けない。

その姿を見るまでは不安だったが、出会えることを愉《たの》しみにしていたオズタークは、出会えたことを喜ぶよりも先に、この状況に戸惑い強張った。

腕の中で細い躰がひくんと小さく跳ねた。

かく、と、頭が後ろに倒れて、あどけない容貌が露《あら》わになる。

ああ、なんて幼い。この愛らしさは、やはり子供なのだろうか？　幾度となく疑っては、万が一にも有り得ないはずの事態が起きたかもしれない可能性に困惑する。

答えが出ないまま、腕の中で伴侶が目蓋《まぶた》を開いていく。そしてグリーンの双眸が再びオズタークを映し出した。

澄んだ瞳だ。美しい。穏やかな瞳の色にオズタークが心奪われている目の前で、伴侶がじわじわと目を見開いて最後に悲鳴を上げた。

「ッ」

静寂を破る突然の声にオズタークは驚愕《きょうがく》する。

「□□！　□、□□□□……！」

「……何を言っている？」

「□、□！　□□□!?」

「わからない。お前の言葉がわからない」

白く澄んだ肌がみるみるうちに青ざめていき、小刻みにかぶりを振りながら小さな手がオズタークの胸を押してきた。あからさまな拒絶の意思に困惑を隠せないまま腕を掴む。途端に悲鳴が一層大きくなって、腕から逃れようと細い躰が激しく藻掻《もが》いた。

「動くな。恐ろしいことなど何もしない。どうか大人しくしてくれ」

宥《なだ》めようとしても言葉が通じず幼い容貌が恐怖に歪《ゆが》む。心惹かれた瞳が涙に濡れ、時折固く閉じられた。

「何をしておられるのです！　伴侶とともに、さあ王花へ！」

岸辺から老司祭が大声を出した。

「わかっている。——しかし嫌がっているのだ」

本来ならば招いた伴侶は王にすぐさま心惹かれるはずだ。少なくともオズタークはそう聞いていたが、腕の中の伴侶は靡《なび》くどころか激しく脅えて、逃げようと躍起《やっき》になっている。

押さえるオズタークも、力を入れすぎて腕を折ってしまわないかと気が気でなく、小さな躰が暴れて浅瀬で水を蹴る音がばちゃばちゃと鳴った。

「とにかく、まずは王花へ！」

「わかっている」

せっかちな老司祭にせっ突かれ、摑んでいる腕を引いて王花の咲く小島へと向かう。しかし脅えながらも逃げようとする伴侶は腕を懸命に振り払おうと足搔《あが》き続けて、オズタークは細い躰を少々強引に抱き上げた。

「□□！　□□□！」

小柄でひ弱そうなのに、横抱きにした途端に抗う力は弱まるどころか激しくなってしまった。

脚をばたつかせて細い腕でオズタークの背中を搔きながら、しきりに何かを訴えているようだが、何を言っているのかまるでわからない。その反応にオズタークまでもが余裕を削《そ》がれ、水面を進む脚が速くなっていった。

王花の咲く小島は池の中央にある。濡れた長衣の裾を引きずりながら岸へ上がり、未だ暴れる伴侶を下ろすと、眼前に迫る王花に驚いたらしく伴侶は抵抗の動きを止めて花を見上げた。

その驚いた横顔の無邪気さに、オズタークは安堵《あんど》した。さきほどまでの抵抗はなかなかのものだったが、落ち着いて見れば表情豊かで、やはりとても愛くるしいと思う。

「――さあ」

言葉は通じずとも、ここが神聖な場所であることは知ってほしい。オズタークは細い腰に優しく手を添え、誘うように花の根元へと近づいた。

伴侶はきょろきょろと方々《ほうぼう》を見回しては、時折上を見て何かを言っている。一瞬驚きを見せた容貌には再び恐れが滲んでいて、またいつ何時《なんどき》抵抗しだすかもしれないとオズタークは気を揉んだ。

王花が満開になるとき、王は生涯で一度きりの繁殖期を迎え、池の深みより伴侶を招く。

そして伴侶とともに王花の根元で我が子が実るよう祈るのだ。

今にも逃げ出しそうな伴侶の手を取ると、細い躰がびくりと跳ねて咄嗟に腕を引いたが、決して逃がさなかった。

「□□？　□□□□□…？」

わからない。やはり何を言っているのか、まるでわからない。

伴侶が脅えながら吐息を浅くしている。なぜそうまで恐れるのか。

魔法ではなく本心から愛してほしいと願ったが、まさか脅えられ抵抗されるとは予想だにせず、今は僅かでもそう願ったことを少し後悔した。

今は儀式の途中だ。落胆してもいられず、気持ちを引き締めて茎に小さな手を当てさせた。オズタークの手を重ねるようにして花を見上げる。

「□□□□□□…？」

怖々《こわごわ》とした声の意味はわからない。

「我らの子が結実するように祈ってくれ」

伴侶は聞き慣れない言葉を弱々しく零して、泣きそうな顔で小首を傾《かし》げている。なぜ言葉が通じないのか。苛立《いらだ》ちに目を細めると、幼さの残る容貌を硬くしながら、また腕を引こうとした。

「駄目だ。頼む。私とともに祈ってくれ」

茎に押し当てる手が小刻みに震えだすのがわかる。落ち着いたのに、また脅えさせてしまった。

焦りながらも、オズタークは花を見上げて、我が子の結実を祈った。そうしている間も、伴侶は小さな手を引き抜こうとしている。頼む。頼む。と、頭上の白花が願いを叶えるそのときを待った。

――しかし花に変化はなく、傍《かたわ》らでは言葉の通じぬ伴侶が嗚咽《おえつ》を零しながら逃げようとする。

花は一向に変化しない。

頼む。

オズタークは強く願った。

――しかし。

「結実しない……」

新たな落胆にたまりかねて、オズタークは手を離した。

途端、伴侶が小島から逃げようと走りだした。池に飛び込み、じゃぶじゃぶと水音を響かせながら藻掻くが、思うように進まず最後は水底に手を突いた。なぜ逃げられないのかと、脅えた顔に困惑と疑問が見える。

オズタークはすぐに後を追い、萎縮《いしゅく》する躰を軽々と抱き上げた。また悲鳴が地下ドームに響く。

「この世界は私自身だ。招かれたお前が逃げることは叶わないだろう」

そう言ったところで、通じているとは思えないが。

大きな落胆を背負いながら岸へと戻ると、老司祭が心配していた。

「結実を願ったが、やはり……」

駄目だった。と最後まで言えず、オズタークは視線を落とし重たい吐息を零した。

「どうやら時期尚早《しょうそう》のようですな。お二人が心を通わせなければ結実は起きますまい。ですが花は開いたばかり。枯れるまでの七日の間に結実を成功させればいいだけのこと。今宵《こよい》は伴侶を無事招いたことを喜ぶべきでしょう」

「招いたとて、術がかかっていないようだ。言葉も通じない」

しかもオズタークを見て脅えている。生涯をともにする相手を見て、脅えたのだ。

「魔法は緩やかにかかっていったことがあると文献にもあります。今宵はここまでにいたしましょう」

老司祭に慰《なぐさ》められて、オズタークは力なく頷いた。

「――まずはこの者に部屋を用意してくれ。酷《ひど》く脅えているから落ち着かせたい」

「すぐにも」

老司祭は頷くと、石段の上で待つ神官たちに指示を伝えた。未だ名も知らぬ伴侶はオズタークの腕の中で身を強張らせている。

喰《く》われるとでも思っているのだろうか？　だとすれば心外だが、言葉が通じない以上は弁解もできない。

「せめて言葉だけでも通じ合うことはできないだろうか」

この世界が王を産み落とし、王はこの世界そのものだというのに、愛すべきその存在と意思を交わすことができないだなんて――――。

己の不甲斐なさに、オズタークは二度目の溜め息を零した。

＊

「なに、ここ……」

兵士らしき男二人に腕を摑まれ連れて行かれるから、てっきり牢屋に入れられるものだと思っていたのに、リュシアン・ベルナールがいるのは目に眩《まぶ》しいくらいの煌《きら》びやかな部屋だった。

鏡のように磨《みが》かれた調度品に、色とりどりの噴水のような、見たこともない花々が飾られた花瓶《かびん》。

シャンパン色の鮮やかな壁。床は毛足の長い絨毯《じゅうたん》に覆われていて、傷だらけの革靴で踏みしめたら、スポンジケーキのようにふわりとしていたので驚いた。

恐怖を癒《い》やすような甘い香りに引かれて目をやると、テーブルの上には見たこともない食べ物があった。

果物《くだもの》だろうか？　赤や緑や紫の粒がザクロのような実の中にキラキラと輝きながら納まっている。

初めて目にする果実は、宝石が散りばめられた器に溢れんばかりに盛り付けられていた。

どこからどう見ても牢屋ではないようだ。監視カメラらしきものも見当たらないし、そもそも電話だとかテレビだとか近代的な物がない。

「何かのテーマパーク……？」

貴族のお屋敷的な。仮にそうだとして、リュシアンはいつそんなところへ来たのだろうか？

紺色の夜の帳《とばり》に輝く星の一粒になりたくて手を伸ばしていたはずなのに、気が付いたらビカビカとした派手な装飾の部屋にいる。

さきほどまでの恐怖が徐々に引いていくと、理解できない現状に圧倒されて次第に放心していった。最後にはぽろりと涙が出てきて、あ、と気が付いたときにはぽろぽろと溢れ出てきてしまうほどになり、慌てて手で拭《ぬぐ》ったが自分でも驚くほどに止めどない。

ほんの少し前、リュシアンは町外れの古城跡にある、田舎《いなか》町を一望できる小高い丘に立っていた。


マジシャンなんてやめだ！　もう、やめる！


親友だと思っていた人に財産ともいえる長年書き溜めてきたトリックノートを盗まれ、その上ショーで人気を博す彼の姿を見てしまい、失意に腹の底から思いっきり叫ばずにはいられなかった。

じきに日が暮れる。遠くの山の向こうにオレンジ色をした夕日がのろのろと沈んでいくのが見え、夕日の上からは紺色をした夜の帳がそれを急《せ》かすように覆い被さろうとしていた。まるでリュシアンの心の希望が潰《つい》えていくような終焉《しゅうえん》感のある景色だ。悲しくなる。

リュシアンは十代の中頃からマジシャンとして活動していた。今年十八歳だから、独り立ちして四年ほどだ。

弟子には厳しくて女と酒にだらしのない師匠《ししょう》の元で技術を磨き、独り立ちしたあとは売れないながらも小さなステージに立ち、ときには酒場のテーブルでチップを稼ぎ、フランス中を旅して回ったがそれも今日で終わりだ。

「……もうやめる」

ぐすっと、夜風に冷えた鼻を啜《すす》って、ぽっきりと折れそうな気持ちを堪《こら》えながら天上を見上げた。

家族だと思っていた親友に裏切られ、ずたぼろになるほど心は傷ついているのに、不思議と星は綺麗だ。

綺麗と感じられることだけが今は救いなのかもしれない。

夜がはじまったばかりの空は瞬く星の絨毯だ。一つ一つが鮮やかに輝いて、光の荘厳な眩しさに涙が出そうになる。

決して豊かな人生ではなく、寧《むし》ろ貧しさとの闘いだったが精一杯生きてきた。今日、親友に裏切られたと気付くまでは、貧しいなりに踏ん張ってきたつもりだった。——それが。

「うー！」

大声で泣きたいから町外れの丘まで来たというのに、搾《しぼ》り出した声ときたら酷く情けなくて、そんなところがまた自分の人生そのもののような気がしてきて、余計に悲しくなった。

弱々しい呻き声を上げながら空に向かい拳《こぶし》を突き出したが、その腕までひょろひょろとしていて何から何まで情けなくなる。

「一発殴れば良かった……どうせ当たったって痛くはないだろうけどさ……」

それで気が済むなら安いものだったではないか。今になって後悔したら目頭が涙で熱くなってきて、泣きそうになるのをぐっと堪えた。

奥歯を噛《か》み締める惨《みじ》めな姿を嗤《わら》うように冷たい風が全身を撫《な》でていく。

ああ、このまま躰ごと夜風が攫《さら》って、どこか知らない所へと運んでくれたらいいのに。と、思ったあとで自嘲《じちょう》気味に嗤う。

「どこへ行ったって同じだ……俺はずっと独りさ」

いっそこの世界で一人きりの存在だったら、孤独も感じないし誰かに傷つけられることもなかっただろうに。馬鹿馬鹿しい想像に虚《むな》しさを覚えて、また嗤う。

「生まれ変わったら、キラキラ輝く星になりたいよ」

空を見上げ、リュシアンは零した。

今は見窄《みすぼ》らしくて矮小《わいしょう》な存在だけれど、名も無き星でも誰かの道標《みちしるべ》になれるかもしれない。瞳に涙を滲ませながら瞬く星に願う。

「俺をそこまで引き上げてくれ」

空に広がる天幕の中へ。数え切れないほどの星粒の海の中へ。

天が応《こた》えるはずもないと知りながら、目一杯腕を伸ばして手を広げた。

――そのとき指先に何かが触れて、いきなり手を強く掴まれた。

突然、手を掴まれたのだ。

掴んでいるのも、手だ。誰かの手。――咄嗟に気付いたが、その感触は確かにあっても姿は見えない。

「えっ……！　えええ……!!」

沈んでいた心が今度は恐怖に竦《すく》んだ。リュシアンは手を掴んでいる見えない拘束者から逃げようとして腕を引いたが、向こうも逃がすまいとして力を入れている。

大きな手だった。寧ろ大きすぎる手だ。

まさか化け物？　肉眼では見えない化け物なのか!?　竦んだまま脅えて、逃げられないことに絶望した。

喰われるのかもしれない。きっと生まれ変わって星になりたいなんて言ったからだ。コイツは喰われてもいいのだろうと思われた。

なんて馬鹿なことを思ったのだろう。いつもこうだ。いつも外れ籤《くじ》を引く。

激しい後悔と落胆に苛《さいな》まれながら、リュシアンの強張る躰は夜風に吹かれて浮かび上がった。

――それからのことは、訳がわからない、の一言に尽きた。

躰が宙に浮いたと気が付いて焦ると、今度はごぼごぼとくぐもった水音がして、その音がすぐに消えたと思ったら、なぜか目の前には黒い長衣を着た知らない男が立っていた。

よくわからないまま男の胸の中に抱き締められて、ぐったりする。

さきほどの水音はなんだったのだろうか。その前は両足が宙に浮いていたし、そもそもリュシアンの手を摑んだのは誰だったのだろう。

考えようとしたが、混乱のせいなのか意識がやけにぼんやりとしていた。それもすぐに治まって目蓋をのろりと開けると、山羊《やぎ》のような大きな角が目に飛び込んできた。それは男の頭に生えているではないか。まるで教会で見る悪魔そのものだ。

「誰！　つ、角がある……！」

叫んだリュシアンに返ってきた言葉は知らない言語で、聴いたこともない響きをしていた。

リュシアンが知る誰よりも背が高くて、見下ろす姿が覆い被さってくるようだった。

これはきっと頭から喰われる。星に願ったはずが、悪魔に祈りが届いてしまったらしい。

今までだって不運の連続だったが、ここまでのことは初めてだ。驚愕《きょうがく》しながらただ逃げたい一心で男の胸を押したら、気分を害されたのか腕を摑まれた。

悲鳴を上げて逃げようとしたが許されない。じゃぶじゃぶと水音を弾ませながらどこかへ連れて行こうとする。嫌だ！　離して！　と叫んでも聞いてくれない。

間もなくして下ろされた場所には、三メートル以上もある巨大な水仙のような白い花が咲いていた。なんだこれ。見たこともないほど巨大な水仙に、自分の躰が縮んでしまったのかと思った。ただでさえ小柄だチビだと嗤われるのに、更に自分は小さくなってしまったのだろうか。だから角の生えた男が異様に大きく感じられるのだろうか。

次から次へと起こる事態に理解が追いつかない。悪い夢なら覚めてほしい。

花の元へと連れて行かれたあと、隙を見て逃げ出した。小島の周りは池が囲んでいるが、底は浅い。向こう岸まで行けば逃げられるかもしれないと思った。

向こう岸では白髪の老人が灯りを持って立っていたが、リュシアンの目にはその奥にある階段しか見えていない。池へと飛び込み、水音を響かせながら進んだつもりが、なぜかちっとも進まずにどんどんと足が重たくなってきた。もしかしてリュシアンを逃がさないようにする仕組みがあるのだろうか。それならどんな抵抗も無駄だと気が付いて愕然とすると、後を追ってきた男に易々《やすやす》と捕まってしまった。

それから兵士らしき二人に引き渡されて、見知らぬ豪奢《ごうしゃ》な部屋に連れてこられた。

リュシアンが入室するなり天井のシャンデリアがぽっと小さな音を立てて、次々と火を灯していった。遅れじとテーブルのランプや、燭台《しょくだい》までもが火を灯して、絢爛《けんらん》豪華な室内を温かく照らした。

リュシアンはふらふらとソファに腰を下ろした。

ソファは細やかな光沢を放つ天鵞絨《ビロード》の、葡萄《ぶどう》色をした華やかなものだ。リュシアンが一生働いても買えそうにないほど立派で、なぜこんな所に自分がいるのか心当たりがなさすぎるし、訳がわからなくて一層泣けてきた。

緊張の糸が切れたのだろうか。泣くつもりはないのに、涙が溢れて嗚咽が漏れる。

なんて心許《こころもと》ないのだろう。

情けなさに背中を丸めながら歯を食い縛ると、自分を取り巻くすべてに嗤われているような気がしてきた。

自分はきっとあの小高い丘から落ちて死んだのだろう。ここは天国だろうか。でも角のある大きな男がいるということは地獄かもしれない。もし地獄なら、なぜ煌びやかな部屋にいるのだろう。

わからない。何もわからない。また混乱してきた。

ソファの上で膝を抱えながら啜り泣いて時折涙を拭う。気持ちが少し落ち着くと、リュシアンを裏切った親友のせせら笑う顔が思い出され、悔しさと惨めさでまた涙が堰《せき》を切った。

――ねえ。

ふいに声をかけられた気がして、リュシアンは跳ねるように顔を起こした。

「え…？　え？」

涙でぐしゃぐしゃになった顔のまま方々を見回して、目を擦《こす》りすぎてぼやけた視界に小さな白い光を見つけた。

蛍《ほたる》の光くらいの小さなそれは、ふわふわと踊るようにリュシアンの周りを飛んでいる。

まさかこれが声をかけてきたのだろうか？　そうは思いたくないが。あまりにも暢気《のんき》な動きに突然現れたことに脅えもせず、ぼんやりと目で追っていく。

きらきら、ふわふわとした小さな光を見ていると、泣いても泣いても治まらなかった惨めさが少しずつ遠ざかっていくのを感じた。人懐っこい光で、踊っているようだ。見ていると、いつの間にかリュシアンの口元にはうっすらと笑みが滲んで、最後はたまらずふふっと吐息のような声が零れた。

「まるでルーカスみたいだ」

子供の頃に飼っていた子猫《こねこ》のルーカスを思い出した。

飼っていた、といってもリュシアンは両親がいないため施設育ちで猫を飼うなんて許してもらえなかったから、朝食のパンを千切ってはこっそりと施設裏の雑木林《ぞうきばやし》に持っていき与えていただけだ。いつの間にか呼んでも来なくなってしまったけれど、白い毛並みが可愛《かわい》らしかった子猫のルーカスは、リュシアンを見つけるたび嬉《うれ》しそうに跳ねていた。

愉しかったひとときの出来事を思い出すと、光がリュシアンの周りを飛びながら、円を描くようにくるくると回りだした。小さかった光が瞬く間に手の平ほどの大きさになり、気が付くとそれは白い子猫の姿になって、ぴょんぴょんと宙を跳ね回る。

角の生えた男の次は、宙に浮かぶ白い子猫だ。悪魔の次は天使だろうか？

『ルーカス。ステキナ、ナマエ——かわいいなまえ。——好き』

「！　こ、言葉が喋《しゃべ》れるの!?　俺の言っていることがわかる？」

リュシアンは驚いた。

『喋れるよ。ちゃんとわかるよ』

「本当に？　よ、良かったぁ……！」

やっぱりこの白猫は天使だ。

漸く言葉の通じる相手に出会い、興奮と歓喜とでまた涙が出てきた。

それほどに安堵したのだ。ふわふわと宙に浮かぶ白い子猫は、ぼんやりと発光しながら蒼い瞳を輝かせている。リュシアンが感激した様子に、子猫は興味津々《しんしん》のようだ。

「ずっと怖かったんだ。急に手を掴まれたと思ったら角の生えた男の人がいて、あの花はなに？　水仙みたいな大きな花。それにここはどこ？　金持ちか貴族の屋敷？　だとしても、どうして俺、こんな所にいるの？」

『びっくりしちゃったんだね。もう何も心配はいらないよ』

ふふっ、と子猫は笑った。

子猫なのに笑っている。

「あれ……俺、夢見てる……？」

よく考えたら子猫が宙に浮くはずがないし、そもそも喋れるわけがないのに、意思を通じ合えたことが嬉しくて急に安心してしまった。はたと我に返ったが、ぼんやり光る子猫はくりくりとした純粋な瞳でリュシアンを見つめていた。

ブルーの澄んだ輝きに悪意はない。これが夢ならきっといい夢だろうと思う。

ふっ、とリュシアンは力なく笑った。

「俺、いま自分が天国にいるのか地獄にいるのかわからないんだ。多分死んでいるんだろうけど、実感ないし……」

『死んでないよ。生きているよ。元気でしょ？』

「……元気かと言われたら、まあ……元気だけど」

気持ちが沈んだり混乱したり大喜びしたりしたことで、疲弊《ひへい》してはいるけれど。

『ねえ、名前を教えて。名前を呼んでみたい！』

細く長い尻尾《しっぽ》をご機嫌に揺らしながら、小さな耳がひょこんと立った。

「……リュシアン。リュシアン・ベルナール」

『りゅ、りゅし、りゅりぁ』

りゅあ、りゅう、と言いづらそうにして、困ったようにころころと転がっている。勿論浮きながらだ。

「……リュリュでいいよ。いつもそう呼ばれてる」

『リュリュ！　可愛い名前！　リュリュ！　大好きな名前！』

「ありがとう」

はは、とリュシアン——リュリュは苦笑いした。

同世代に比べて小柄で、顔も童顔だし、リュリュなんて愛称だから、よく嗤われていた。だからそう呼ばれるのはあまり好きではないけれど、子猫が素敵な物でも見つけたようにはしゃぐから、悪い気はしなかった。

「君は？」

『ルーカス！　ぼくはルーカス！』

ぱっと躰を起こして、子猫が声を弾ませた。

「ルーカスって……それは」

飼っていた猫の名前なのだが。それにさきほどの口調だと、今聞いたような雰囲気だったし。

『ルーカス！　素敵でしょ！』と、気取った顔をする。

「うん。まあ、いいか。君はルーカス」

『うん！　ぼくはルーカス！　君はリュリュ！』

歌うように名前を繰り返しながら、ルーカスがリュリュの肩にぽんと飛び乗り、躰を擦りつけてきた。

猫が甘えるときの仕草だ。草叢《くさむら》で飼っていた子猫も時折こうしてくれた。懐かしさと愛おしさにそっと頭を撫でると、ふふっと目を細めながら頬《ほお》擦りをしてきた。

「ルーカスは天使なの？　やっぱり俺は死んじゃったのかな。あの丘から落ちちゃったのかも」

『死んでないよ。元気でしょ？　ここはユナ＝セラだよ。天国でも地獄でもないよ』

「……ゆなせら？　そんな国は知らない。聞いたこともないな……。地中海にある島とか？」

『ユナ＝セラは魔法の国だよ。昔々のはじまりの王様が魔力で創《つく》ったの』

純粋無垢《むく》な瞳で自信満々に言われ、返事に詰まったリュリュは困惑した。

「やっぱり変な夢を見ているのかもしれないな。魔法って……魔法って……」

『王様がリュリュを連れてきたんだから、死んでもないし夢でもないよ。信じて』

「連れてきた？　今、連れてきたって言った？　王様が俺を連れてきたの？」

『連れてきたでしょ。王様が捕まえて』

「――――……！」

　リュリュは目を見開いた。

「じゃ、じゃあ、あの角が生えた大きな人が王様ってこと!?　王様が俺を捕まえて、魔法の国に連れてきたってこと？　まさかそんなことって…………」

　やっぱり変な夢を見ているのかもしれないと思った。死んではいなさそうだが、夢の線は捨て切れない。丘に登ったところまでは現実だろうが、それ以降のことはリュリュの理解を超えていて、これが夢なら我ながら想像力豊かだと感心する。

『信じてない？』と、ルーカスが急に寂しそうな声を出す。さきほどまで上を向いていた尻尾がぱた

んと倒れてしまった。

『ぼくのこと、信じてくれないの？　ぼくはここにいるのに……』

「あ……いや、ルーカス。そんなにがっかりしないでよ」

『だってぼくがいないと思っているんでしょ。ぼくはいるよ。ほら、ね？　ね？』

信じて。信じて。と、しきりに小さな躰を擦りつけられて、肩の上をぐるぐる回られた。

可愛い上に健気《けなげ》で、これが夢じゃなかったらなんだと言うのか。リュリュはそう思うのだが、ブルーサファイアのような深い蒼い瞳から今にも涙が零れそうで、それ以上は何も考えられなくなった。

「わかった。わかったよ。ここは本当の世界だ。えーっと……昔の王様が魔力で創った国」

『そうだよ！　ユナ＝セラ！　リュリュは王様に選ばれて、招かれたの。王様の伴侶だから。今は王様の繁殖期だから！　それでね！』

「え？　ちょっと、待って！　待って待って！　情報が多くて混乱するから！　少し落ち着いて！」

早口に言われて、リュリュは慌てて遮《さえぎ》った。

興奮したルーカスが不機嫌そうに尻尾を振ったが、大人しく聞いていられるレベルの内容ではない。

王様に招かれて伴侶だ繁殖期だって、どういうこと!?

「ル、ルーカス。もっと俺がわかるように丁寧に説明してくれるかな。一気に言われると理解が追いつかなくて、混乱する一方だよ」

『……リュリュは頭が悪いの？』

直球で言われてしまった。しかも純粋な瞳で。

「悪かったね……」

がっくりと項垂《うなだ》れながら、リュリュは苦笑いした。

『仕方ないな。優しいぼくが丁寧に教えてあげる』

「宜《よろ》しくお願いします」

何もわからない以上、今はふわふわと浮いた白い子猫に頼るしかない。つんとした澄まし顔にリュリュが頭を下げると、まんざらでもない様子で膝に下りてきて、ころんと転がった。

『あのね。リュリュは王様に選ばれて、ユナ＝セラに招かれたの』

それはさきほど聞いた情報だ。一つ頷いたが、なぜ王様なんかに呼ばれたのかが疑問だった。

『王様は今、一生に一度だけある繁殖期なの。次の王様になる子供を作るんだよ。それでリュリュが選ばれたの』

「ん？」

さらりととんでもない情報が飛び込んできて、目が点になった。

「なんで？　なんで!?　なんで俺が？　俺、男だよ」

『問題はないよ。昔にもいたしね。だって王様が選んだ伴侶だもの』

「は!?　はんりょ？　はんりょって言った？」

うん！　と、自信満々に頷かれて、リュリュの口から変な声が出てしまった。

「は、伴侶って……つまりはパートナー的な意味だよね……？　俺が？　お、王様の……？」

　リュリュの勘違いでなければだ。一瞬「お嫁さん」なんて言葉が浮かんだが、流石《さすが》に言葉に出すのが怖い。それでも怖々と尋ねると、ルーカスは『そうだよ！』と明るく返事をした。

『白いお花を見た？　おっきいの』

「あ、うん。池の中で咲いていたやつ？　巨大な水仙だよね」

　伴侶、子供、伴侶、子供……と、受け入れがたいワードが脳内をぐるぐると回ってリュリュが静かにショックを受けているのに、ルーカスは優雅に尻尾をくねらせる。

『あれはユナ＝セラっていうお花。国と同じ名前のお花なの。あのお花が咲くと、枯れるまで王様は繁殖期なんだよ。枯れるまでに伴侶を見つけて、一緒にお花に祈るの。そうしたら実がなるんだよ。実は子供になるの』

「……実？　子供……。えっと、俺が王様と一緒に祈ると、あの花が実を付けるってことだよね？　それが子供になるんだ……はあ……」

　うん！　と、子猫が尻尾を揺らしたが、聞いているほうは話があまりに現実離れしているので、呆然としている。でも少しは合点《がてん》がいった。

　ここが王の魔力で創られた国なら、逃げようとした自分の脚が重くなったのも当然だ。何か仕掛けがあったのではなく、あれは王の魔力だったのだ。そして王の目的は、伴侶と祈って王花を結実させること。

「だから、あの花の下へ連れて行ったのか……」

花というより木のようだったが。茎に手を付けさせられたのも、それが理由だったということか。ということは、本当に王様がリュリュを伴侶に選んだということだ。改めて実感すると、変なプレッシャーが胸の底に湧《わ》いてきた。

「だけど実はならなかったよ」

『失敗したの……』

しゅん、と小さな三角耳が倒れてしまった。

『王様はリュリュに逢えるのをとっても愉しみにしていたんだよ。きっと儀式は成功するって思っていたの。だけど……王様、きっと落ち込んでる……』

「まさか失敗したのが俺のせいとか言わないよね……？」

ルーカスは何も言わなかった。けれど悲しげな顔だ。

「……儀式が失敗しちゃったらどうなるの？」

『……王様はいなくなっちゃうの』

「……え？」

『消えちゃうの』

「なっ、なんで！　じゃ、じゃあ消えちゃうってことは、あの人もう消えちゃった!?　ちょっ、ちょっと待って……お、俺が殺しちゃったってこと…!?　だって俺、何もわからなくて……！」

涙に潤《うる》んだブルーの瞳を前にして、リュリュは酷く取り乱した。

当然だろう。訳もわからず変な世界にやってきて、いきなり生死に関わる儀式に巻き込まれたのだ。しかも失敗していたとあとで知ったのだから、冷静ではいられない。

「俺……王様を殺しちゃったの……？」

ただでさえ不幸続きだったのに、ここへきて意図せず人殺しになってしまったなんて、そんな現実は受け入れられない。今度はこちらが涙目になって怖々と尋ねたリュリュに、ルーカスがけろりとして言った。

『ううん。まだ大丈夫』

「えっ……平気……？　生きてる……？　生きてるの」

『大丈夫。リュリュはせっかちだね』

ふふっと笑われたが、リュリュの安堵感たるや相当なものだった。知らないうちに誰かの命を奪っていたなんて、そんな寝覚めの悪い話、耐えられない。

「はあ……安心したけど、今……聞き間違いじゃなかったら、まだって言った⁉　まだって！」

『うん。言ったよ。お花が咲いている七日の間なら、儀式は何度だってできるの。でもそれを過ぎたらお花は枯れて、王様は消えちゃう。七日過ぎたら本当に死んじゃうの』

「そんな……何度でもって言ったって、一度は失敗してるんだよ。二度目が成功するとはかぎらないじゃないか。しかも期限付きだなんて……そんなの俺、困るよ」

つまりは出会って間もない人の命を預けられたということだ。

「俺に何ができるっていうんだ。俺は……俺はそんな選ばれるような人間じゃないんだよ……？」

『でも王様はリュリュを選んだ』

「困るって！　と、とにかく俺は帰りたい。王様には王様に相応しい人を呼べばいいと思う。俺じゃ無理！」

『どうして？』

「どうしてって、無理なものは無理なんだ！　そんなことをする理由もないし、成功させる理屈もわからないし、実際一度失敗しているんだから、うまくいきっこないよ！　とにかく別の人にして！　俺を元の世界に帰らせてくれ！」

　膝の上でころころしていたルーカスをソファに下ろして、リュリュは扉まで走った。

開けようとしたが、重厚な木の扉はびくともしない。体当たりもしてみたが、逆にはじき返されてしまい、リュリュは毛足の長い絨毯に尻餅をついた。

『無理だよ。リュリュは王様の大事な伴侶だから、この部屋で守っているんだよ』

「単に閉じ込めているだけだろう。なんだよ、守ってるって……」

　痛む左腕を摩《さす》るリュリュの周りを、ルーカスがまたふわふわと暢気に浮きながら回りだす。

　こちらの切実な気持ちも知らないで。むくれたリュリュが小さく睨《にら》むと、きょとんとした様子で頭に乗っかってきた。

『言ったでしょ。王様はリュリュと逢えるのを本当に愉しみにしていたんだよ。だけど今は繁殖期に入ってしまったから、王様の魔力が不安定なの。不安定だとお城の中に怖い化け物が出てきたりするから、何も知らないリュリュが歩いたら危ないんだよ。だからこの部屋にいてもらっているの』

「怖い化け物って……なんだよそれ……」

ああ、駄目だ。と、リュリュは尻餅をついたきり、その場で深く項垂れた。

今までルーカスと会話しながらも頭のどこかでまだ夢ではないかと思っていたし、つらいことがありすぎたから現実逃避してるんだと都合良く理由をつけていた。それほどに荒唐《こうとう》無稽《むけい》な出来事が続いたせいだ。しかし、ここまできたら認めるしかない。夢や幻想がここまで内容盛りだくさんな訳がない。

「これ……夢じゃなくて本当に現実なんだ。…………こんなの冗談じゃない」

自分が生きてきた世界ですら毎日いっぱいいっぱいだったのに、見知らぬ世界へ連れてこられただなんて、そう簡単に受け入れられるわけがない。

「元の世界に帰る……」

『帰りたいの？』

「かっ、――」

帰りたいに決まってる！　――そう言いかけて、返事に詰まった。

生まれながらに親を知らず、教会の施設で育てられたけれど養父母になってくれる人たちは一人もいなかった。学もないし金もないし毎日貧しさとの闘いで、漸くマジシャンとして独り立ちできたのに、今度は仕事仲間の親友に裏切られて財産を奪われてしまった。

残ったのはポケットの中のコインが数枚だけ。それがリュリュのいた世界のすべてだ。帰りたいのか？　と訊《き》かれて、力一杯そうだと言えないのは仕方がなかった。

『あのね。王様はリュリュと逢えるのを愉しみにしていたの』

「……それ、何度も聞いた」

顔見知りってわけでもないのに、愉しみにされるというのも変な気分だ。

『とってもとっても愉しみにしていたの。だから儀式に失敗して、消えちゃっても王様は幸せかもしれないよ。だってリュリュに逢えたんだもの』

「……それって、俺を慰めてくれてるの？」

『だってリュリュ、凄く困っているみたいだし……』

頭から下りて、また膝の上へと来たルーカスが心配そうに見上げてくる。この子の眼差《まなざ》しは純粋で、こんな小さな子を心配させていることにまで心が痛んできた。

「そりゃ困ってるよ。だって一気にいろんなことが起きているんだから……」

リュリュは溜め息を零した。

「でも俺のせいで死ぬかもしれないって人を見捨てるのも怖いよ。凄く怖い。だからって帰りたい気持ちも捨てられないし、君が心配そうにしているのもつらい。おかげで気持ちはぐちゃぐちゃだよ」

『リュリュは優しいんだね。ぼくのことも想ってくれる』

ふふ。と嬉しそうに目を細めながら、膝の上でころころ。その愛くるしい姿を見ていると、酷く悩んでいた気持ちがじわじわと癒えていくのがわかる。

「王様が消滅しちゃったら、この国はなくなっちゃうの？」

『それは……』

ルーカスが口籠《くちご》もった。リュリュは続ける。

「だって、王様の魔力で創られているんでしょう」

『今の王様が消えちゃっても、また新しい王様がこの国のどこかに現れるの。昔々のはじまりの王様が魔力でユナ＝セラを創ったけど、今はユナ＝セラが王様を選ぶんだ。だってこの国にはもうたくさんの命があるからね。ユナ＝セラとたくさんの命たちを守ってくれる王様を選ぶんだよ』

あまりこの話はしたくないようで、ルーカスが目を細めている。

『だけど失敗したことなんて殆《ほとん》どないんだから！　今の王様だってきっと儀式を成功させるよ！』

「うん……」

しかしその命運はリュリュに懸《か》かっているわけだ。

「……だけど俺に王様の願いを叶えてやることなんて無理だと思うんだ。いつだって俺は……」

ずっと失敗してきた人生だし。嗤われてばっかりだし。

『ねえ、リュリュ。リュリュは王様に選ばれて来たんだよ。愛する人に招かれたんだってことを忘れないで。リュリュは素敵なんだよ。きっと王様と心を通わせられるから』
あまりにも期待しすぎだ。
あんな角の生えた大男の王様と心を通わせるだなんて。そんなことが果たしてできるのだろうか。
頭の片隅で疑問に思いながらも、子猫の優しい言葉に、リュリュは泣くのを我慢した。

*

漸く逢うことが叶った伴侶を守衛《しゅえい》たちに引き渡したあと、オズタークは重たい足どりで書斎《しょさい》へと向かった。

王城の中で最も心が落ち着く部屋へ入るなり長椅子《いす》へ深く腰を下ろし、酷い落胆に襲われながら両手で顔を覆っていた。

「まさか結実しないとは……」

父は母を招いてすぐ、ユナ＝セラに祈りを捧げ結実させたと言っていた。祖父の代もそうだったと聞く。

『心配することはない。儀式などと大層なことを言うが、要は愛おしき者とともに幸福を祈るだけのこと』

王花が開花する数日前に父はそう言っていたが、実際はどうだ。

招いた伴侶には恐れられ、どうにか王花の前に連れて行ってはみたが祈ってくれるどころか、脅えに脅えて逃げたくて仕方がない様子だった。実際、逃げた。すぐに捕まえたが。オズタークが殊更《ことさら》ショックを受けたのは、自分の姿を見て伴侶が酷く脅えたことだった。

確かに伴侶と比べてオズタークは相当な長身だが、それだけであそこまで恐れるだろうか。

まさか、この角か？

伴侶には角がなかった。母にもないことを考えると、角が生えない種族なのだろう。この国でも角のない種族は多い。恐れるということは、角自体を見たことがないのか。

池の中から伴侶を見つけ引き上げるのは、生涯で一度きりの繁殖期だけで、絶対に行わねばならない儀式だ。伴侶である彼らがどこからどうやって来るのかはオズタークも知らない。ある意味当たり前になっていたからだ。歴代の王たちも知る者は少ないだろう。

はじまりの王が世界を創り、あの池を異世界への扉にした。それも王たる者の繁殖期の僅か七日間だけ。

「……私は失敗したのだろうか」

あのとき指先を掠めた感触に気付いて、咄嗟に手を摑んでいた。それが過《あやま》ちだとしたら、なぜ触れられたのか――。

（いや…、違う！）

オズタークは弱気になるあまりに、ふと浮かんだ愚考を即座に打ち消した。

池から引き上げたときに感じた胸の高鳴りに偽《いつわ》りはない。躰の小ささには驚いたが、同時に愛くるしさに心を奪われていたのだ。

彼は間違いなく我が伴侶だ。オズタークは間違えていない。

しかし……。

網膜《もうまく》に焼き付いた、伴侶の恐れの表情がオズタークを落胆させていた。

ノックの音がして、老司祭アタハンが入ってきた。

「無事部屋へお連れしましたぞ」

「そうか。少しは落ち着いてくれればいいが……」

オズタークはのろりと顔を起こして言った。

「そう暗い顔をされますな。文献を調べるかぎり結実に一度は失敗しても大抵は数日後に成功しています」

「しかし恐れられた……まさか脅えられるとは思わなかった」

「突然今いる世界から違う世界へ連れて来られるのですから、脅えても仕方ありません。ある意味、当然の反応でしょう。それは術が効いていなかっただけのことです」

「つまりは私の魔力が不安定なのが原因だ」

「繁殖期なのですから当然です。お父上とて王花が咲いている間は不安定で、それはもう城内は混乱したものです」

「今とて同じではないか。私以外は護衛なしでは王城を歩けまい」

王の魔力が不安定になってから王城では魔物が出はじめて、近頃は警備兵が大忙しだと聞く。

「それについてはご心配なく。皆、護符《ごふ》などで自衛をしておりますゆえ。そもそもこの七日間を乗り切ればいいだけのこと。――ですが長引けば城内だけでは済まなくなりますぞ」

「……わかっている」

それを言われるとつらかった。

魔力が不安定な期間が長く続けば国全体の平和が脅《おびや》かされていく。過去にも何代にもわたって魔力が不安定な王が出て、自然災害が発生したり紛争などが起きたりすることもあった。そのような歴史もあり、こうした時期が長く続くと、民が不安になるのだ。

ことに心配なのは、オズタークも元々魔力が不安定だということだった。しかもこの繁殖期に入り、それが一層アンバランスになっている。王城が混乱しているのも無理はなかった。

「やはり私の力が不安定であったから、この結果を招いたのだろう」

「魔法使いがおれば……」

アタハンは吐息まじりに言った。

「そんな夢物語のような存在が当てになるものか。何代も出ていないということは、最早《もはや》幻《まぼろし》のようなものだ。魔法使いの系譜は我が国では潰えたのだろう」

「しかし過去には存在していたのですぞ」

「過去にいたところで、私に得はない」

そう突っぱねたが、老司祭が食い下がる気持ちもわからないでもない。

魔法使いは王の魔力を安定させることができる。己の能力が不安定だと気付いてから、オズタークは幾度となく魔法使いを探させた。しかしその願いは叶えられることなく、今、最も不安定になる繁殖期を迎えている。

そう考えてまた暗い顔をすると、老司祭がこほんと一つ咳《せき》払いをした。

「――とにかく。無事伴侶を招くことはできたのですから、あとは結実さえすれば儀式は成功です。魔力も多少は安定するでしょう。それに婚姻《こんいん》の儀式をすれば、城の者たちどころか民も喜びます。ですから王がしっかりせねばなりませんぞ！」

不甲斐ない王を案じて、老司祭はいつもこうして激励してくれる。快活な前王に比べ、自分はなんて不出来なのだろうか。励まされて一層遣《や》る瀬《せ》なさを覚えたが、一方でそんな弱気になる自分が腹立たしくもあった。

「開花ははじまったばかりとはいえ、日数は限られておりますからな。万が一、結実前に王花が枯れるなどということがあっては儀式は本当に失敗です。そう暢気にもしておられませんぞ。何もしなければ王のお命も危うくなります」

「身をもってわかっている。早く儀式を成功させなければ、王としての務めも果たすことができない」

「その通り。困るのはオズターク様ご自身なのですから、弱気になっている時間などありませんぞ」

「ああ」

老司祭の言う通りだ。

「しかし私は彼に恐れられているようだ。酷く脅えられた」

「それはオズターク様がどのようなお方か、まだお人柄が見えていないのでしょう。なにせ突然連れて来られたわけですから当然です。じきに術も効いてくるはず。待つよりも先に歩み寄られてはどうでしょう。更なる強い心の結びつきができるかと」

「そうか……ああ、そうだな。アタハン、お前の言う通りだ。私が努力をせねばな」

未だ弱気な感情が胸の内で燻《くすぶ》っているが、あの愛くるしい伴侶が恐れの表情ではなく笑顔を見せてくれたら――そんな淡い夢を抱きながら、オズタークは頷いた。

*

ふわふわと宙に浮かびながら遊ぶ白い子猫（？）のルーカスがやってきてから、訳がわからなかった出来事の意味を理解して、漸く自分が置かれている立場がとんでもないことになっているのだということをリュリュは知った。

　ユナ＝セラとやらでの時間の経過はわからない。感覚として数時間前までは人気のない貧乏マジシャンで、しかもそれさえ廃業したばかりだった自分が、なぜか今は魔法の国の王様の伴侶になっているらしい。

『嘘じゃないよ。本当だよ』とルーカスに澄んだ瞳で訴えられて、疑う気持ちはもうないけれど、納得できるかどうかはまた別の話だ。

　膝の上でころころ遊ぶ子猫を眺《なが》めながらリュリュが困惑していると、ノックの音がして扉が開いた。

　誰!?　と、腰を浮かせて身を強張らせると、黒いワンピースに白いリボンを付けた、メイドらしき若い女性が二人、トレイを手に入ってきた。

　若い女性——だが、肌が雪のように白く、首から頬にかけて虹色をした光沢のある鱗《うろこ》で覆われている。大きな瞳もオパールのようだし、ヘッドドレスを付けたお団子髪も薄紫色をしていて、全体的に幻想的だ。しかも同じ顔をしている。

　双子だろうか。咄嗟に女性だと思ったが、この世界でも果たして性別があるのかどうか。

　幽玄な雰囲気のメイドらしき二人は、緊張と警戒に身構えるリュリュを前に、同じタイミングで一礼した。

「お世話を仰《おお》せつかりました、メリーと申します」

「同じく、アリスと申します」

「あ…っ。言葉がわかる！」

しかも耳に馴染《なじ》みのある名前の二人だ。

「ってことは、俺の言葉もわかるの!?」

食い気味で尋ねると、同じ顔をしたメリーとアリスが顔を見合わせた。

不思議そうにされて、やっぱりまだわからないのかと青ざめると、「勿論ですとも」とメリーが返事をして、アリスが頷いた。

「良かった……まだ言葉が通じないのかと思った……でもなんでだろう。どうして急に言葉がわかるようになったのかな」

「それは王の魔力が貴方様に浸透したからでしょう」と、メリーが。

「王が、貴方様の言葉が通じるよう望まれたのです」と、アリスが。どちらも同じ声だ。

「王様が……そうなんだ」

やっぱり魔力とやらは存在しているらしい。はあ…と、相変わらず実感が湧かないまま曖昧《あいまい》に頷くと、埃《ほこり》一つないテーブルにメリーが湯気の立つティーカップを置いた。テーブルには既《すで》に山盛りの果物があるのに、鮮やかな皿に盛られた焼き菓子まで出されてしまった。

「あの……これは」

「前王陛下の奥方様である前王后《おうこう》陛下より、若きお妃様にと」

「わ……！　若きお妃様!?」

メリーの言葉にリュリュは眼《め》を丸くした。

「い、いや、俺はっ」

「ご用がおありでしたら、なんなりとお申し付けくださいませ」

「あ、あのっ、ええ……」

アリスが言ったあと、二人はまた同じタイミングで一礼して部屋を出て行った。

まるで映し鏡のような二人だった。彼女らが出て行った途端、どっと疲労感に襲われたリュリュが四肢《しし》の強張りを解くと、ルーカスが興味津々な様子でテーブルの上に飛び乗り、焼き菓子の香りを嗅《か》ぎはじめた。

『美味《おい》しそうな香りがするよ！』

「ああ、うん。……見たところお菓子のようだけど、俺が食べても大丈夫なのかな？」

『どうして？』

「だって違う世界っていうし。果物も見たことがないものばかりだし」

『きっと美味しいよ！　だっていい香りがしてるもん。リュリュはおなか空いてる？』

「……ん。……そういえば、少し」

今朝から何も食べていなかった。いろいろなことがありすぎて空腹だということすら気付かずにいたようだ。

今頃になって腹の虫が思い出したように一鳴きしたけれど、ここが違う世界ならテーブルに置かれたカップの中身とて、元いた世界のものと同じではないだろう。チョコチップがまぶされているように見えるクッキーだって、きっと違うものだ。

毒ではないだろうけど、おなかを壊す可能性はあるかもしれない。

あまり食べる気にはなれないけれど、ルーカスの期待を帯びた瞳にせっつかれて、そろりとティーカップに手を伸ばす。この世界にもティーカップはあるんだな……と、密《ひそ》かに感心しながら恐る恐る顔を近づけていくと。

「あれ？　これ……ダージリンの香りだ」

口を付けると、間違いなくダージリンティーの味がした。試しにクッキーを囓《かじ》ってみると、甘いチョコの味がする。

『リュリュ、美味しい？』

「うん。だけど、これ……どうしてだろう。こちらの世界でも同じものを食べているのかな。前王后陛下ってことは、王様のお母さんってことだよね。俺がどこから来たのか知っているってこと？」

『どうだろうね』と、知りたいことばかりのリュリュを放って、ルーカスはクッキーを囓りたくて仕方がない様子だが、チョコレートは猫にあげられない。

「駄目だよ」と皿を遠ざけると、ルーカスがむくれながら尻尾を激しく波打たせた。

一つ何かを理解すると、三つか四つ疑問が押し寄せてくるような気もするが、馴染みのある紅茶の香りとクッキーの甘さが少しだけ気持ちを落ち着かせてくれたようだ。

まろい吐息を零すと、再びノックの音がしてゆっくりと扉が開かれた。

「――ッ」

現れたのは王様だった。驚きのあまりリュリュは噎《む》せそうになった。

『あ！』

王様に気付いたルーカスがぴょんと耳を立てた。テーブルから下りてリュリュの隣に並ぶと、緊張した顔をしている。一方リュリュも突然現れたその人に焦って、ティーカップを片手に持ったまま硬直した。

『リュリュ、立って。ちゃんと王様を迎えるの』

「えっ、あ……えっと……」

そうは言うが、ちゃんと迎えるとはどうすることなのか。カチャカチャと音を鳴らしながら無作法極まりなくカップをテーブルへ戻し、慌てて席を立とうとすると王様が制した。

「座っていなさい」

「あっ……言葉が」

メイドたちに続いて、王様の言葉までもがはっきりとわかった。それは王様も同じらしく、「おお」と蒼眼を小さく見開いている。

「私の言葉がわかるのだな」

隣に座るなり、食い気味に言われて両手を取られた。リュリュの手の平がすっぽりと収まってしまうような大きな手だ。あのとき握られた手と同じだった。

「は、はい。ええ、わかります。ちゃんと」

期待に輝く真っ青な双眸に向かってリュリュは小刻みに頷きながら、たどたどしく返事をした。

「そうか。言葉が通じぬのは流石にこたえた。――ああ、すまない。お前の言うことがわかり、それがあまりにも嬉しいのだ」

王様が戸惑った様子で手を離して、自分を戒《いまし》めるように拳を握った。それから胸に手を当て、軽く深呼吸している。

なんだかリュリュより緊張しているようだ。再び面《おもて》をこちらに向けると途端に眉を顰めて、硬い表情になった。

一気に近寄りがたい雰囲気を纏った王様から、リュリュは思わず逃げるように半身を引いた。きっと顔も強張っていたに違いない。王様は「いや」と困った様子で頭を振って、最後にはまた長い息を吐いた。

「怖がらせるつもりはないのだ」

「はあ……」

若干威圧的で怖い空気を放っていることに、もしかして気付いていないのかもしれない。

一心に見つめられると、リュリュはその気迫にまたも怖《お》じ気《け》づきそうになって、王様は一層硬い表

情になった。

「まずは非礼を詫びたい。断りもなく、この世界へ連れてきたことを」

「あ……。……はあ」

ああ、やっぱり。やっぱり違う世界。——異世界なのかと、改めて痛感してしまった。

リュリュの傍らで寛《くつろ》いでいるルーカスから前もって聞いていたとはいえ、王様本人に言われてしまうと、とどめの一撃を食らったようなダメージがある。

「私はオズターク。この世界の、ユナ＝セラの王だ」

「はい。はい……王様」

「名を呼んでくれ。——それから、私もお前の名を呼びたい」

「あっ、俺、リュシアン・ベルナール。……いえ、リュリュと」

リュシアンという名前を繰り返そうとして、酷く言いづらそうにするオズタークの眉間《みけん》に皺《しわ》が寄ったのを見て、咄嗟に愛称を伝える。

「リュリュ」

「はい。えっと……オズターク、さま」

「もっと気安く呼んでくれないか。——お前が嫌ならば無理にとは言わない。それにまだ私には謝らなければならないことがある」

オズタークの、言いたいことがあるせいなのか真剣な眼差しが痛くてたまらない。

国を統《す》べる人だからなのか、肌にヒリつくような、他を圧倒するオーラがあるような気がするのだ。気弱で不幸ばかりを引き当てるリュリュには痛くてたまらない。

「それは……？」

心地の悪さにじわじわと苦しめられながら恐る恐る尋ねると、オズタークがそっと睫毛《まつげ》を伏せた。

「私は伴侶と逢えることを心待ちにしていた。それもあり気が急《せ》いて、お前が嫌がっていると気付いていながらも儀式を続けようとした。あまりに強引すぎた」

「それは……ここへ来た直後で混乱していたし、言葉も通じなかったので……王様とは知らずに暴れてごめんなさい。……怪我《けが》はなかったですか？」

「それを訊かなければならないのは、寧ろ私のほうだ。傷つけることを心配して、部屋に閉じ込めてしまった。心細くはなかったか？」

「牢屋じゃなかったから、そこは安心しました。それに」

ちらりと隣を見ると、ルーカスが腹を出して気持ちよさそうに寝ていた。

「どうした？」

「ああ、いえ、その……」

オズタークにはルーカスが見えていないのだろうか？

「すぐに言葉がわかるようになったので。……正直ホッとしました」

白い子猫のことを言うべきなのか逡巡したが、ひとまずやめておいた。オズタークが知っていたとしたら、ルーカスは懐いているはずだという気がするのだ。寧ろさきほどオズタークが入室してきたときは、リュリュの陰に隠れたようにも見えた。

「言葉がわかるようになったのは、リュリュの躰に私の魔力が馴染んできたということだろう。――気持ちはどうだ？」

「気持ちですか……？　えっと……それは……？」

気迫に負けそうだとか、じっと見つめられると冷や汗が出てきそうだとか、素直な気持ちを伝えればいいのだろうか？

返事に詰まると、「いや、なんでもない」とオズタークの暗い声。

「……お前が嫌がるのならば、この婚姻を諦めて元の世界へ戻すことが正しいとは思うのだが、一度ユナ＝セラへ招いたら最後、戻すことはできないのだ」

「……やっぱり……そうなんですか」

ルーカスの話から、なんとなくそうかなと思っていたとはいえ、その事実はやはり結構キツイ。元の世界では嫌なことばかりの毎日だったけれど、もう二度と帰れないと思えば、嫌な思い出の隙間隙間に愛おしく感じる出来事もあったと思い出してしまうから。

「……それに婚姻って……結婚って、こと……ですか？」

「ああ、その通りだ」

「け……」

結婚。

異世界に連れて来られて、男に伴侶だと言われ、子供を作ったり、結婚することになったり。なんだかもう疲れた……。

リュリュが深く項垂れると、「すまない」と一層暗い声でオズタークに謝られた。

「今回の召喚は少しばかり予定が狂ってしまったのだ。本来ならば――いや、言い訳をするなど見苦しい。心から謝罪する。謝罪した上で懇願《こんがん》する。この国でこれからの生を送ることを覚悟してくれ。――リュリュ、伴侶のお前を決して不安になどさせはしないと、ユナ＝セラの王オズタークが誓う」

オズタークはそう言って、リュリュの手にうやうやしくくちづけた。

「ぁ……どうして俺なんですか……？　王様はどうして俺を伴侶に選んだんですか？」

「それは――いや、隠しても意味はないな。お前に偽るのは本意ではない。リュリュ」

慎重な声音《こわね》。

「選んだのは私ではなく、このユナ＝セラだ。私はあの池からお前を引き上げるまで、どのような者が招かれたのか知らないのだ。わかるのは、王の伴侶として相応しい者が招かれるということ、ただそれだけ」

「それは……。だったら、王様に相応しい人なら誰でもいいってことですか……？」

「違う」

一瞬でも自分が「特別」と感じてしまったことを恥じて頬を熱くしていると、オズタークが道破《どうは》した。

　また息が詰まりそうなほどの威圧感だ。きっとそれはオズタークが真剣だという証《あかし》だろう。

「王の私に相応しい魂《たましい》は、数多《あまた》の世界の中で唯一つだ。私がそれを望み、世界が招く。伴侶はこの世で二つとない存在なのだ。そこに過ちはない」

　オズタークが噛み締めるように言い、拳を握った。

「二つとないって……でも俺が、そんな凄い存在とは思えないです……」

　我ながら酷く気弱なことを言っている。

　王様に堂々とされると、自分がどんどん矮小な存在になっていくようだ。単純に気迫に飲まれているからだと思うが、不幸で気弱で自信の持てるところなど何もない自分が王様に相応しいとは、どうしても思えないのだ。

「凄いかどうかはさておき、私はお前と逢えて嬉しい」

「……オズターク様」

　ストレートに言われると落ち着かない。「逢えて嬉しい」だなんて、今までに言われたことがあっただろうか……。こそばゆさに、一層心地が悪くなる。

「様はいらんぞ。伴侶のお前にだけは気安く呼ばれたいのだ。私とて、そう呼んでいる」

「だけど、俺……」

　育ちがいいわけではないし、言葉も綺麗なわけじゃない。王様の伴侶なんて、やっぱり恐れ多い。

その上、気安く呼べだなんて言われても困ってしまうが、期待する空気に負けてリュリュは苦笑した。出会ったときの怖さはなく、オズタークは誠実な態度で接してくれる。嫌ならば無理にとは言わない、とさきほど言われたばかりなのに、また同じことを言われて無理だと答えるのも可哀想だ。

「オズターク、さん——いえ、オズターク……」

「ああ、とてもいい」

快晴の空を濃縮させたような蒼い双眸が眩しい。さきほどまでは黴《かび》が生えてきそうなほどの陰気を纏っていたのに、相当な変わりようだ。

——そういえば。

「……角がありませんね。初めて見たときはあったのに」

最初よりも印象がやわらかく感じられるのは、悪魔のような角がないからだ。側頭部から生えた太く立派な半月型の角が消えて、今はやわらかく波打つ美しい黒髪があるばかり。そのことにリュリュが気が付くと、オズタークは少し気恥ずかしそうにした。

「消している。角が怖がられたのではないかと思ってな。母にも角がないし、伴侶は角のない人種のようだから」

「確かにちょっと、いえ、結構驚きました。……この国では、王様に角があるものなんですか？」

メイド二人にはなかったから、角があることは特別なのだろうか。

「皆が皆というわけではないが、父も私もある。ユナ＝セラで角がある者は多い。ごく普通のことだ」

角＝ごく普通という慣れなさに、「な、なるほど」と、返事を搾り出す。

異世界ともなると、これからもっと驚かされることがあるのだろうか……。きっとそうだろう。

「そういえば、さっきお母様、いいえ、前王后陛下から紅茶とお菓子を頂いたんですが、これ俺のいた世界の味がするんです」

リュリュは飲みかけのティーカップを見て言った。

「他は見慣れない物ばかりだったから、驚いて」

「では、リュリュは母と同じ世界から来たのだろう。気が合うかもしれないな。――気が早いことだが、両親もリュリュに会えることを愉しみにしている。私の伴侶として呼ばれた以上は、近いうちに会ってもらうことになる」

「えっ!?」

今でさえ緊張しているのに、王様の両親に会わなくてはならないなんて、そんな重責に堪《た》えられるだろうか。たまらず声を裏返したリュリュに、王様が困ったような顔をする。

「そう気負わずともよい。私がいる。お前を不安にはさせない」

「……はあ……」

そうは言うが、碌々《ろくろく》マナーも知らない貧乏な庶民でしかない自分が、見知らぬ国でロイヤルファミリーと対面しなくてはならないなんて、相当なプレッシャーだ。胃に穴が開かなければいいが……。

そういえば、リュリュが病気になったら誰が診《み》てくれるのだろう。疑問に思ったが、それよりも慣れない責務を負わされて気持ちがどんどん落ちていくのを止められなかった。

「明日また来るから、今日はもう休むといい」

不安を抱くリュリュに、オズタークは優しかった。

二度目の、漸く言葉が通じ合えた接見を終えオズタークが部屋を出て行くと、リュリュはまた一人きりにされた。ルーカスがいるから、一人と一匹か。

王様にも会ったことだし、部屋を出ることは許されるのかと試しに扉を押してみたが、びくともしなかった。

幸いルーカスが話し相手になってくれるからいいが、魔法で創られた国にはテレビもラジオも、当然ゲームもないだろう。自然と手がカーゴパンツの尻ポケットに伸びていき、入っていた銀貨を指で弾いて遊びはじめた。

『それなに？　キラキラしてる！』

指先で弾かれたコインが宙を舞うたび、動きに釣られてルーカスの蒼い瞳が上下に動いている。興味津々で眼がまん丸だ。

「これは俺がいた国のお金。この世界にお金ってある？」

『色は違うけどあるよ。もちろん！』

ルーカスが弾いたコインを摑まえたそうにして、前脚をくいくいと出している。けれど小さな躰を目一杯伸ばしても届かないらしく、もどかしげだ。自分だって浮けるくせに、そのことを忘れるほど夢中になっている。

　リュリュはコインをピンと弾いて、片方の手でキャッチした。コインを隠されたことに「あっ」と、声を上げたルーカスの前に、握った両手の甲を見せる。

「コインはどっちだ」

『こっち！』

　ぱっと右手の甲に、ちっちゃな手が乗った。

「本当に？」

『本当に！　ぼく、見てたもん！』

　キラキラとした瞳が早く開いて見せて！　と訴えている。

「じゃあ、開くよ——ほら」

『アレ!?』

　ピッと耳が前を向き、髭が立った。驚いた様子で白い毛を逆立《さかだ》てる。ブルーの瞳をぱちぱちと瞬《まばた》きさせて、リュリュの手と顔を交互に見て、少し遅れてピンときたのか尻尾が立った。

『魔法!?　魔法なの！』

「違うよ。ちゃんとトリックがあるんだ。——ほらね。こうやって……」

『ダメ！』

種明かしをしようとすると、ルーカスが慌ててかぶりを振った。

『がっかりしちゃうから言わないで！　リュリュは魔法使いだ！　ねえ、さっきのもう一回して！　今度は絶対に当てるよ！』

張り切るルーカスの相手をするのは愉しい。少しずつ不安が癒えていくのは、王様であるオズタークの魔力が浸透してきているからなのだろうか。

「ねえ。王様の魔法っていうのは、いつの間にかかかっているものなの？　例えば呪文を言ったりとかするの？」

『王様がそう望めば自然とそうなっていくんだ。それに魔法じゃなくて魔力だよ。ねえ、早く』

「ああ、うん。そっか……まるで神様みたいなんだな」

『神様？　それはリュリュの世界の王様？』

「違うよ。それこそ不思議なのかなあ。不思議なままのほうがドキドキする存在かもしれない」

会話しながら、またコインを弾く。今度は左手でキャッチ。

『じゃあ、リュリュと一緒？　――こっち！』

「はずれ」

『えー！　もう一回！　今度は当てるからね！』

「どうかなあ……」

これは満足するまで付き合わされそうだ。

案の定、ルーカスが音《ね》を上げるまでコインのマジックを繰り返すことになってしまったが、孤独に苛まれているよりも遥《はる》かに癒やされた。

子供の頃から散々してきた指のトレーニングだから失敗することはないが、流石に疲れてきた。酒場で開店から閉店までテーブルマジックをして、間近で手元を凝視《ぎょうし》されることには慣れているとはいえ、相手は猫だ。――いや、猫？　なのかは実際不明だが、動体視力はいいだろうと予想して、気付かれまいと普段より気を張ってしまった。

（まだ、マジックがしたいんだな……）

マジシャンなんてやめてやる。と、夜の小高い丘で宣言したのに、単純なコインマジックを少し披《ひ》露《ろう》しただけで愉しくなってしまう。――まだそんな気持ちが残っていたのか、と急にしんみりする自分がいた。

『もー！　わかんない！　ちゃんと見ていたのにー！』

結局一度もコインのあるほうの手を当てられなかったルーカスが癇癪《かんしゃく》を起こして、怒りながらソファの上でころんころんと転がる。随分と可愛らしい怒り方だなと密かに感心していると、ノックの音がしてまた同じ顔をしたメイドたちが夕食のワゴンを押しながら入ってきた。

「王様と一緒に食べるわけじゃないんですね」

リュリュが言うなり、メリーとアリスの二人が無言で顔を見合わせた。

「――では、そのように準備いたします」

「いま暫《しばら》くお待ちくださいませ」

「い！　いいです！　このままでいいですから。ただ訊いただけなんで！」

すぐに退《さ》がろうと動きだしたメリーとアリスの反応に、リュリュは大慌てした。

「では、このままで」と、再び夕食をテーブルにセットしていく二人に、安堵の溜め息。

「……もしかしてこの世界に不慣れな俺のことを気遣《きづか》ってくれたとか？」

「王がそうするようにと」

「我々は王のご命令に従ったまでのこと」

メリーの次はアリスが言うと決まっているようだ。彼女たちの幻想的なビジュアルといい、ユナ＝セラにいるかぎり、この先もリュリュの目には不思議に映る人たちが現れるのだろうか。

「そうなんだ……心配してくれてるんだな」

きっと出会ってすぐに同席での食事は緊張させると思ったのだろう。不安にはさせないと言ったオズタークの言葉はやっぱり本当なのだ。さりげない心遣いが面映《おもは》ゆい。

メイドが去り再び一人と一匹になると、リュリュの陰に身を潜《ひそ》めていたルーカスがひょこっと顔を出して、早速テーブルに飛び乗った。小さな鼻をひくつかせながら温かなスープの香りを嗅いで、幸せそうに顔を蕩《とろ》けさせている。

「ルーカスも食べる？」

『いいの!?』

「でも、こっちの世界の猫にも食べちゃいけないものとかあるんじゃないかな。チョコとかタマネギとか」

『ぼくはなんでも食べられるよ！　このスープもきっと美味しいよ！』

「うーん……タマネギの香りはしないし、大丈夫かなあ……。おなか壊しても知らないよ」

『壊さないよ！　ねえ！　王様にも一緒に食べようって言ったらいいのに！』

「それは……駄目」

　リュリュは期待に満ちたルーカスの瞳から、そっと顔を逸《そ》らした。

『なんで？　王様、きっと喜ぶよ。きっとじゃないよ。絶対に喜ぶよ！』

「駄目なものは駄目。……俺、王様と食事ができるような身分じゃないっていうか、そもそも緊張しすぎて食事が喉を通らないよ」

『でもいつまでも一人で御飯を食べるわけにはいかないよ。リュリュは王様の伴侶なんだから』

「それでも今は駄目。王様は優しい人だったけど、でもやっぱり王様だもん。俺は……育ちもいいほうじゃないし、食べ方が綺麗ってわけじゃない。きっと嗤われちゃうよ。幻滅《げんめつ》される」

　さきほどは意思の疎通が漸くできて安堵したとはいえ、一国の王様と知ったせいで、かえって緊張が増したような気がする。その王様に相応しい「伴侶」なんて立場を与えられてしまったプレッシャーもリュリュを萎縮させていた。

『……リュリュは怖がり？』

王様と同じ色の蒼い瞳で、じっと見つめられた。

「うん。ルーカスの言う通り、俺は怖がりだよ。……もう傷つくのは嫌なんだ」

優しくされたり、喜ばれたりされることに慣れていなさすぎて、すぐに幻滅されることを恐れてしまっている。そんな情けないリュリュの膝に、ルーカスが飛び乗ってきた。

『王様はそんな方じゃないよ。リュリュが失敗しても、嗤ったりなんかしないよ』

「うん。多分、きっとそうだね。だけど優しくされるのも怖いんだ……」

なんて自分は臆病《おくびょう》なんだろう。わかっていることなのに、改めて痛感したリュリュはルーカスを抱き締めたままソファへ倒れた。

手の中にすっぽりと収まる小さな躰を撫でながら、自身の不甲斐なさに落胆して目蓋を閉じた。

＊

――そして翌日。

穏やかなノックの音で目が覚めると、昨日と同じ二人のメイドが現れた。

「おはようございます」

今日も綺麗に声が重なっている。

「おはよう。ああ、ありがとう」

メリーがワゴンを押し、トレイに載った朝食をベッドまで運んできた。

ルーカスは毛布の中で丸くなったきり、まだ眠っているようだ。

アリスが大きな箱を幾つも抱えている。鮮やかなリボンに彩《いろど》られた箱をテーブルに置き、アリスだけが部屋を出て行く。すぐにまた同じような箱を幾つも運んできては、次々と並べはじめた。

「あれは？」

トレイを受け取りながら、リュリュは尋ねた。

「ご婚礼のお祝いの品です。中身は確認済みですのでご安心ください」

「えっ。ご婚礼……？　俺、やっぱり結婚するの⁉」

昨日の会話の中で、そういう話はちらりと聞いていたけれど半信半疑だった。元の世界へ帰れないことははっきりと言われていたが、結婚する件については少し曖昧にされていた気がする。そもそもいきなり出会った人と、それも王様と結婚するなんて、そう簡単に受け入れられるわけがないのだ。

眼を丸くしながら大きな声を上げたリュリュに、メイド二人が顔を見合わせた。メリーなど、わざわざ大きく振り返ってまでだ。アリスは返答に困っているらしく、無言で首を傾げている。

「王の伴侶となれば、当然かと」

メリーが言って、アリスが無言で頷いた。再び部屋を出て、また箱を持ってくる。

テーブルに置ききれなくなった箱が、絨毯の上でタワーを築き始めた。

「結婚……そっか、伴侶ってそういうものか……そういうものなんだ……」

近々両親に会ってもらうとオズタークが言っていたのも、そういう意味を含んでいたのか。

元の世界には戻れない。王様と結婚して子供を作る。

改めてとんでもないことに巻き込まれたと実感して、僅かに残っていた眠気が引いた。

「既に城内と城下街は祝賀ムードで賑《にぎ》わっております。新たな王妃様がどのようなお方かと、皆、話題はそればかり」

「我々も質問攻めですわ」

漸く箱を運び終えたアリスがメリーに続いて言った。幾度もの荷運びで白雪の肌が少し紅潮している。

「箱をお開けになりますか？」と、メリーが言う。

「あ。えっと……」

またリアクションに困る。用が済んだら早々に部屋を出て行く二人が、まだいるということは命令を待っているのだろうか。でも箱くらい自分で開けられるのだが。

「……すみません。こういうのって、どうすればいいのか、俺わからなくて……」

「お手伝いいたしますので、王妃様は食事をお続けくださいませ。メイドの仕事です」

「ああ、はい。……では宜しくお願いします」

アリスの言葉に小さく頭を下げたリュリュは、「頭は下げないでください」と困った顔でメリーに言われてしまった。きっと毅然《きぜん》とした態度でいなければいけないのだろうが、気弱な自分には難しい。

オートミールにドライフルーツが散りばめられたような朝食に口を付けると、意外にもその通りの味だった。これも前王后陛下の気遣いなのだろうか。舌に馴染む味にほっとする。けれど、オレンジジュースかと思ったものは、初めて味わう不思議な甘みをしていた。

リュリュが朝食を食べている間、二人は早速数え切れないほどの箱を一つ一つ開いていった。

「こちらの宝飾品は議会長のビナイ・カシュク様より」

メリーが緻密《ちみつ》な金細工が施された置き鏡を見せる。見るからに高級そうな品に、ぶっとジュースを噴き出してしまった。

「え…？　え？」

「こちらの陶器は財務大臣のパルク・エルド様より」

きらきらと光を放つ花瓶に「ええ！」とリュリュは脅えた声を出す。

「こっ、これ！　この箱、全部に高そうな物が入っているってこと!?」

「新たな王妃様へのお祝いの品ですから当然です。すべて一級品です」

「まだ序の口です。これからもっと届きます」

と、メリーのあとアリスが。

「こんなにあるのに!? む、無理! そんなの貰って、俺にどうしろっていうの!」

「どう、とは……?」

「お祝いの品ですから、お断りするのは失礼かと」

メリーとアリスが同時に困った顔をする。しかし本当に困っているのはリュリュだ。

この世界に招かれるまで、毎月のようにいろいろな支払いに窮《きゅう》していたし、チップが貰えずに何日も水とパンだけで過ごしたこともあるくらい貧しい暮らしだったのだ。それが一転、ベッドで朝食を食べている間に、祝いの品だと言われて次々と高級品を見せられる。

一つ売っただけでも、何ヶ月、いや一年くらいは悠々と暮らせそうな品ばかりだ。

宝くじが何十回何百回と一気に当たってしまったような幸運に目眩《めまい》がする。少しは喜んだほうがいいのだろうが、圧倒されすぎて寧ろ困惑のほうが強い。無理! と叫びたくなるのも仕方なかった。

「……あの、貰ったらどうすればいいんですか?」

「前王后陛下は、使われる分を残して、少し経ってから施設に寄付されていました」と、メリー。

「寄付。そっか。そういうこともできるんだ……良かった。俺、こんな高級なもの使えないよ。壊しちゃったり傷つけちゃったりしたら嫌だし」

寧ろ寄付できるなら喜んで寄付する。この世界でも誰かのためになることができると知り、リュリユは安堵した。

「婚礼のお祝い品の次は、お子様のお誕生祝いが届きます」と、アリスが言った。

「子供の誕生……？　でも……」

あの大きな花はまだ結実していない。

「婚礼の前には、王よりお妃様へ贈り物が届きます。それがしきたりです」

「伴侶はそれを身に付けて、婚礼に臨《のぞ》むのです」

ほう…と、二人のメイドがうっとりと吐息を零した。

「はあ……」

昨日は昨日でいっぱいいっぱいだったのに、今日は今日でどんどんとプレッシャーをかけられる。

ユナ＝セラへ来てから与えられてばかりだ。銀貨数枚しか持っていない自分に、何かを返せるのだろうか……。そう思って溜め息が零れそうになったとき、ノックがして金と黒の斑髪《まだらがみ》をしたふくよかな中年女性が入ってきた。

「はじめまして、お妃様。縫製《ほうせい》係のヨンジャと申します。――朝食はお済みですか？」

「あっ、はい。はじめまして、リュリュです。朝食、はいっ、終わってます」

「よろしゅうございます。では採寸をはじめましょう。今宵の食事会のためのお衣装を大急ぎで作らねばなりません」

「食事会？　それは？」

「お話は採寸をしながらにいたしましょう。さあ、お立ちください」

「はっ、えっ、はいっ」

メイドたちより生気が漲《みなぎ》る雰囲気のヨンジャは、小間使いらしき小さな娘を二人連れていた。そしてベッドの上からトレイを下げ、リュリュを立たせる。かつてリュリュが着ていたステージ衣装よりも上等な寝間着を容赦《ようしゃ》なく脱がせて、下着姿を恥ずかしがる間もなく採寸がはじまった。

「あの。食事会というのは」

「申し遅れました。今夜、前王陛下と前王后陛下とのお食事会がございます」とメリーが言った。

「え！　ええ！　今夜!?」

リュリュは眼を丸くした。

「まあ！　お前たち、お話ししていなかったのですか」

ヨンジャが驚いた。

「メリー！　これだから専属メイドを任せるのはまだ早いと反対したのに……。――ご無礼を、お妃様。メイドが申し上げた通り、今夜はご家族のみでの内々の食事会が催されるのです」

「ち……近いうちとは言われたけど…………そ、そうですか……はあ……そうですか………」

まさか近いうちというのが、今日のことだなんて……。

折角《せっかく》言葉が通じるようになったのだから、先に言ってほしかった。リュリュは新たなプレッシャーにくらりと目眩がした。

＊

窓の外が黄昏《たそがれ》色を纏いはじめた頃、メイド二人が部屋まで迎えに来た。

縫製係のヨンジャが胸を張って作ってくれた衣装は、燕尾服《えんびふく》のような堅苦しいものかと思いきや、意外にもやわらかな素材のものだ。

白い立ち襟《えり》のシャツに、襟のない黒の長い上着。左右の胸元のレースには同じ色の糸で刺繍《ししゅう》が施され、コットンのような着心地でストレスもないし動きやすい。

上着の腰には細紐を巻き、脇でリボン結びにしていた。上着もスラックスも今朝採寸したばかりとは思えないほどリュリュの躰にフィットしているし、革の靴も履《は》き心地がいい。

当然ながらリュリュの稼ぎでは買えないような上等な仕立てだ。メイドたちが来る前に少し激しく動いてみたが、マジックをするのにもストレスはなさそうだ。

二人が来る前、ルーカスにも食事会へ行かないかと誘ったが、『いかなーい』と箱のリボンにじゃれるのに夢中のようだった。一人では寂しいから来てほしかったのに。

メイドに案内されて、リュリュは一日ぶりに部屋を出た。

豪勢な部屋へ連れて来られる前は、牢屋に入れられるものだと思って脅えていたのが随分と昔のことのように感じられる。

漸く城内の様子を見るくらいには心の余裕ができ、落ち着いたグリーンの壁と、等間隔に描かれた金の紋様を一つ一つ目で追っていく。

天井から下がったランプには蠟燭《ろうそく》や電球がないのに、ぼんやりと暖かな色を灯していた。こういうものも魔法でできているのだろうか。魔法が夢物語でしかない世界から来た身としては、驚くばかりだった。

メイドの前を槍《やり》を持った兵士らしき鎧《よろい》姿の二人が歩いていた。

リュリュの背後にも同じく二人いる。中世ヨーロッパの甲冑《かっちゅう》兵士という出で立ちだ。

そういうテーマパークだと言われれば信じてしまいそうなほど現実感がない。寧ろあちらが偽物《にせもの》で、こちらが本物なのだけれど。

行き止まりが見えないほど長い廊下の途中、兵士が新たに二人姿を現すと、陰から頭一つぶん背の高い男性の姿が見えた。

その正体がオズタークだと気が付いて、「あ…」と、リュリュは声を出してしまった。思わず緊張する。

「来たか」

王の声に前を歩いていた兵士とメイドがさっと廊下の隅へ移動した。リュリュが背筋を硬くすると、途端にオズタークが微苦笑してみせた。

「そう強張らないでくれ。まさか私の顔を忘れてしまったなどと言うまいな」

「ちゃんと覚えてます」

しかし緊張してしまうのは無意識のうちで、困った顔に気付いても止められないのだ。

「ただの食事会だから心配することはない。今夜は私たちの他は父と母しかいない」

「そうですか。でも俺、こういう場の経験がなくて恥を搔かせてしまうかもしれません。それが心配で」

「案ずるな。心配なのは寧ろ私のほうだ。お前の前で両親にどんな恥ずかしいことを言われるかと戦々恐々《きょうきょう》としている。——そんなことよりも、リュリュ」

「は、はい」

王の顔から微苦笑が消えると、急に険しい眼差しになったので、リュリュは緊張のあまり思わず背筋を反らした。ぐっと僅かに前のめりになったオズタークが幾度か小刻みに頷いている。

「衣装がとても似合う。これはユナ＝セラの伝統衣装なのだ」

「……これが」

そういえばオズタークも同じデザインの衣装を着ていることに気が付いた。

彼は黒いシャツにグレーの長い上着だが、基本の形状はまったく同じものだった。しかし生来《せいらい》の威厳の差だろうか、鏡で見たときの自分の姿と比べて悠然とした佇《たたず》まいが美しい。これでサーベルなど腰に差そうものなら、精悍《せいかん》な気迫に圧倒されそうだ。

「着心地はどうだ。首は苦しくないか」

「大丈夫です。寧ろ動きやすくて着心地がいいです」

「そうか。それは良かった」

黙っていると近寄りがたくて、飲まれてしまうような存在感を放っているのに、リュリュへ投げかけられる言葉や声音はとても穏やかで優しかった。

この人と本当に結婚するんだろうか……。

リュリュはぼんやりと思ったが、しかし実感が湧いてこない。

なんとなく周囲がリュリュそっちのけで盛り上がっているような感じがして、他人事の気分だった。元の世界へ帰れないばかりか、いつの間にか初対面の王様との結婚が確定しているのだから、現実感なんてあるわけがない。

（不安にさせないって言ったのに……）

拗《す》ねたことを思った。オズタークが思う以上にリュリュはまだ混乱している。

「リュリュ」

「は、はい――あ……」

す、と目の前に黄色い薔薇《ばら》を差し出されて、微かな声が零れた。

一瞬薔薇に見えたが、少し違うようだ。薄黄色の花弁に宝石の粉をまぶしたような、透明な輝きがある。陶器のようなぬくもりのあるそれに暫し見惚《みほ》れていると、オズタークがリュリュの上着の胸にすっと挿《さ》してくれた。

「あの、この花は……」

「母の話を聞いて、お前がいた世界の花を真似て作ってみたのだ」

「え？」

　言われて、まじまじと見た。

「……やはり違うか？」

「いえっ」

　見るからに落胆されて、リュリュは慌ててかぶりを振った。

「俺が知っている花よりも、ずっとキラキラしているからびっくりして……。これを俺に……？」

　なぜ？　と、小首を傾げたあとで、「あっ、そっか」と小さく納得した。

「ごめんなさい。花なんて貰ったことがなかったから、どう反応していいかよくわからなくて。……すみません」

　花どころか、贈り物なんて貰ったことがない。今朝酷く驚いたのも、それが理由だった。

「謝る必要はない。喜んでくれるか？」

「はい。ありがとうございます。……でも、花を貰うって……なんだか照れくさいものですね」

「それは贈るほうもだ」

こそばゆさにはにかむリュリュに対し、オズタークまで心なしか気恥ずかしそうにしていた。大きな躰で恥じらう姿が少し可愛く見える。

「――さあ、これ以上待たせると母が飛び出してきかねん。行こう」

「は、はい」

ついにか。そう思うと、再び緊張で声が上擦った。

「その前に。対面は近いうちにと告げたが、いきなり翌日になってしまいすまなかった。私はお前が落ち着くまで待てと再三言ったのだが……」

王様が苦々しい顔をする。

「お母様が？」

「……ああ。そういう人なのだ」

行こう。と、再び告げるとメイドの二人がドアを開けた。

す、とオズタークの手がリュリュの腰へと回されてエスコートされる。それがかえって落ち着かなくさせるのだが、我慢だ。

オズタークとともに広間へ入るなり、重たそうな大きなシャンデリアが目に入った。

「まあ！」

白い光が天井から落ちてきているようだ。その光の向こうから弾んだ声がして、小山を築いている生花の向こうから、白とブルーのロングドレスを着た快活そうな女性が現れた。

「あなたがリュリュね！」

ハニーブロンドのたっぷりとした髪を後ろに一纏めにした女性は、リュリュを見つけるなり透き通るような白い相貌《そうぼう》に眩《まばゆ》い笑みを浮かべて、蒼い瞳を輝かせながら駆け寄ってきた。ぱっと手を取られて、緊張に絶句する。

オズタークから母親と聞いていたが随分若い。三十歳を過ぎたかどうかという外見だが、まるで少女のような可憐《かれん》さと溌剌《はつらつ》さがあった。

「はじめまして、オズタークの母のアンリエットよ。本当はヘンリエッタという名なのだけれど、早くに亡くなったフランス人の母がアンリエットと呼んでいたから、ここの人たちにもそう呼んでもらっているの。あなたはどこから来たの？　故郷は？」

「あっ、えっと……出身はフランスの田舎で」

「私はイタリアよ！　北部のヴェローナ」

「あ！　ヴェローナ！」

凄い！　リュリュの知る地名が出てきて驚いた。

「ヴェローナをご存知なのね？　あなたの時代は？　今は何年？　時代はどれくらい進んでいるの？」

「えっと、俺は、その……」

きらきらとした瞳に見つめられながら、次々に質問を浴びせられる。返事に詰まりながら、ああ、オズタークの瞳はこの人譲《ゆず》りなんだとささやかな発見をした。

「ここへ来てから年齢という感覚がなくなってしまったから、きっともう随分と経っているんでしょうね。まさか母国がなくなった、なんてことはないわよね？　戦争は終わったかしら？」

「やめなさい、アンリエット」

「母上」

夫らしき男性と息子から同時に穏やかな声で止められて、アンリエットは天を仰《あお》ぎながらゆるゆるとかぶりを振った。

芝居がかったような大袈裟《おおげさ》な身振りで、オズタークが手を焼いていたのがわかった気がする。

「ごめんなさいね。同じ世界から来たらしいと聞いて、お会いするのが愉しみで愉しみで……はしたないことをしましたわ」

反省したのか、よろめくように長身の白髭の男性に寄り添った。その男性は、何者かと尋ねなくてもわかるほどに、オズタークと雰囲気が似ている。父親だろう。

「父上、こちらがリュリュ。私の伴侶です」

「リ、リュリュです。はじめまして」

改めて伴侶と言われ、気恥ずかしさと戸惑いでむずむずする。

「クリスタフだ。ユナ＝セラへよく来てくれた、リュリュ」

「まあ！　来てくれたのではなく、予告もなく連れて来られたんですよ」

アンリエットが小さく呆《あき》れて言った。

「魔力があるのなら、一言断りを入れるくらいのことはしてくだされればいいのに。――さあ、リュリュ、こちらへ。ここの食事は口に合いましたか？」

「はっ、はい。元の世界と同じ味がして驚きました」

アンリエットに腕を引かれて、恐縮しながらもテーブルに着く。後ろで二人が苦笑していた。

「わたくしがここへ来たときも、陛下のお母様のお心遣いに救われたの。でもお母様は日本《にほん》の方でしたから、料理の味がまったく合わなくて……。料理も習慣も、そういう意味では苦労したわ。リュリュの故郷がわたくしの母国と近くて本当に良かった」

「母上、リュリュが困っています」

「あら！」

「あっ、いえっ」

オズタークの言う通り、食い気味に来られて少し圧倒されていたのは確かだ。息子に言われ、また我に返ったようで、アンリエットは大袈裟に溜め息を吐《つ》いている。

「駄目ねぇ、わたくしときたら。息子の伴侶ですもの。成長していくにつれ、どんな人が来るのかと愉しみにしていたから、興奮が止まらないのよ。おまけに、びっくりするくらい可愛らしい方ですし」

面と向かって可愛らしいと言われると、余計反応に困る。

「ほら、またリュリュが困っているだろう」

クリスタフが眉尻を下げた。

「すまないね、リュリュ。妻は御覧の通り、とても喜んでいるのだ。王花が開花してから、ずっと落ち着きがないほどにね。——さあ、食事にしよう。今夜は二人の故郷の料理と、ユナ＝セラの料理を用意させた」

どこかで待機していたのか、メイドたちが漸くとばかりに動きだし、温かな料理が盛られた皿がテーブルを埋め尽くさんばかりに並べられる。料理の山だ。見慣れたカトラリー。ナイフとフォークに、二本の棒。

「これはお箸《はし》よ。お義母《かあ》様の——あなたのおばあさまに当たる方が残したものなのよ」

「そう。この世界は王と伴侶によって形作られていくものだ。幾代もの伴侶が少しずつこの世界に異国の習慣や伝統を広めていった。その一つがこれだな」

クリスタフは穏やかな眼差しで箸を手にした。

「わたくしは堅苦しい食事作法を撤廃したの。料理は賑やかに愉しく食べなくちゃ」

「祖母の代では、食事中、私語厳禁だったそうだ」

隣の席に着いているオズタークがそっと教えてくれる。

さあ、とクリスタフの合図を機に四人だけで乾杯して、皆が自由に料理を取りはじめた。

意外にも気楽で、そして家庭的だ。もっと堅苦しい食事会を覚悟していただけに、意表を突かれた。嬉しい誤算だった。

「食事中に私語厳禁だなんてイタリア人には耐えられないことよ。見て、リュリュ。クリスタフといい、オズタークといい、ユナ＝セラの王は代々いかめしい風貌でしょう。この二人が揃いも揃って無言で食事をするなんて悪夢でしかないわ。ですからクリスタフが王になった直後に進言したの」

「母は大分怒っていたがな」と、前王クリスタフが肩を竦める。

「でも最後はよく笑っていらっしゃったわ。宴《うたげ》が好きとよく仰っていたし。今はオズタークが王ですけれど、わたくしたちが生きている間の食事はどうかこのままでお願いね、リュリュ」

「私からも頼むよ。彼女の溜め息を聞きながらの食事では味わうものも味わえない」

切《せつ》に見つめるアンリエットに、苦笑交じりのクリスタフ。リュリュの隣には、やれやれという顔のオズタークがいる。

「俺、こんな賑やかな食事初めてです。料理が美味しく感じられて、素敵だと思います」

「まあリュリュ……なんていい子でしょう……！」

注目されて気恥ずかしさにおずおずと答えると、アンリエットが感極まったように瞳を潤ませた。

「わたくしたち、きっといい家族になれると思うわ。ね、クリスタフ！」

「我々のことよりも、まずはオズタークだろう。結実に失敗したそうではないか」

オズタークの父、クリスタフの声音はオズタークよりも更に穏やかなものだったが、息子に向ける眼差しは幾分厳しい。それを聞くや、アンリエットが険しい声で止めに入った。

「儀式のことは二人に任せると決めたでしょう。成功するのもしないのも二人の運命だと、わたくしたちはそう決めたはずです」

「しかしなぁ」と、返事を濁《にご》らせる夫の手を、アンリエットが優しく握る。つらくとも受け入れるという、彼女の眼差しには固い決意が見えた。

「いくら王位を退いたからといって、少し前まであなたが王だったんですよ。もっとどっしりしていてくださいませ。オズタークも、あなたもです。難しい顔をして食事しているだけでは、あなたの魅力がリュリュに伝わりませんよ」

「私は別に難しい顔などしていないのですが……」

「それが難しい顔だと言っているのです。本当に、ここの男たちは愛想がないんだから……」

ううん…と、唸《うな》ったオズタークが尚一層難しい表情になっていて、アンリエットが盛大に呆れる光景に、リュリュの口元にも自然と笑みが浮かんでいた。

食事を終え、オズタークは父に誘われてボードゲームをはじめた。

「甘い物はお好きかしら？」と、リュリュはアンリエットに誘われ、長椅子に二人で腰掛けてメイドが用意してくれた焼き菓子に手を伸ばす。カスタードのタルトだ。大好きな味がする。

「この世界には随分慣れたけれど、わたくしはあのボードゲームだけは、ちっとも覚えられないの。それに文字も難しいわね……。あなたは慣れてくれるといいけれど」

「……正直に言うと、自信がないです」

リュリュは食べかけのタルトを皿に置いて、小さく肩を落とした。

「俺……その……」

なぜこの世界に招かれてしまったのか。

何かの間違いではないのか。

それがずっと頭に引っかかっているので、居心地が悪いし心が落ち着くこともない。――しかしそれを言ったら、彼らを失望させてしまう。ここでもまた落胆されるのではないかと不安になって、リユリユは最後まで言葉を言えずに俯《うつむ》いた。

「あなた、あちらの世界に未練がおあり？」

「え？　それは……」

同じことをルーカスにも訊かれて、あのときも返事ができなかった。

「わたくしはないわ。お義母様もそうだった。あなたも心の片隅では、そう思っているでしょう」

「……はい……そうかもしれません。……多分、そうです」

リユリユはゆっくりと頷いた。

「ユナ＝セラはきっとそうなのよ。この世界に、この地にちゃんと根付くような伴侶を選んでいるの」

「この地に……俺が……」

ええ。――アンリエットが品のある笑顔で頷いた。

「今でこそわたくしは前王后陛下などと呼ばれていますけれど、元は田舎の煙草《たばこ》屋の末娘ですから。学校も行かせてもらえず、継母《ままはは》と連れ子の娘たちに朝から晩までこき使われるような灰被りでした」

「陛下が……？」

アンリエットが肩を竦めて言う。

「ええ。庶民出の娘よ。お義母様はダイミョウのプリンセスだと聞いていましたけれど、婚約者が五十も歳が離れていたとうんざりしたように言っていましたからね。『元の世界に帰りたいだなんて、一度も思ったことがないわ。ユナ＝セラへ来て本当に良かった』と、言ってばかりいたもの。私も同じ気持ちよ」

「でも俺、儀式っていうのに失敗したし……成功させられる自信がなくて。男だから、きっと」

「性別は関係なくてよ。何代か前には男性の伴侶もいたと聞きましたし。人ではなかった伴侶もいましたからね。一度で結実できなかったのは少し残念だったけれど、大丈夫。寧ろ不安に思えば思うほど難しく考えてしまうものだから、もっと気持ちを大らかに」

「……はあ……」

大らかに。で、成功するならば幸いだが、失敗すればオズタークが消滅する。

成功するのもしないのも二人の運命だと母アンリエットは言っていたが、父クリスタフはまだ受け入れがたいようだ。当然だ。なにせ我が子を失う可能性があるのだから。

「暗い顔はいけないわ、リュリュ。陰気な顔はあの二人で十分ですよ。見て、ただのゲームなのに今から戦《いくさ》でもはじめそうな深刻な顔でしょう。ずっと見ていても、どちらが有利なのか全然わからないの。ずーっと難しい顔をしている。お義父《とう》様もそうだったのよ」

確かに肘掛け椅子に座る二人は、ローテーブルに広げられたボードの見慣れぬピンを睨みながら、食事のときよりも一層険しい顔をしていた。その姿を眺めながら少し離れたところで文句を言うアンリエットに、二人の王は表情をやわらげて苦笑していたが、視線はボードに釘付けにしたままだ。

「——でもね」と、アンリエットが声を小さくした。

「あんなに難しい顔をしているけれど、クリスタフはわたくしを真っ暗闇から救ってくれたヒーローでもあるのよ。お義母様にとってのお義父様もきっとそう」

「ヒーロー……」

リュリュは繰り返した。

「……オズタークが、俺のヒーローなのかな……」

「あの子なりに努力はしているみたいですけれどね。そのお花だって」

ふふ、と笑うアンリエットにオズタークが即座に反応した。

「母上。あまり妙なことは言わないでください」

「あら、あなたの株を落とすようなことなど言ってませんよ。愛想があったら、もっと褒《ほ》めていますけれど」

「……努力はしています」

「ね。リュリュ。わたくしの言った通りでしょ」

少女のようにおどけて、アンリエットがウインクしてみせた。

――まだ話し足りなさそうなアンリエットの腕をクリスタフが引いて二人が部屋を出ると、急に静かになってしまった。

「テラスに出てみないか。まだ外の景色は見ていないだろう」

オズタークに誘われて、リュリュはあとを追う。

彼が硝子《ガラス》のドアを開くと、やわらかな風がヴェールのようにリュリュの躰を撫でていった。

「あ…花の香り」

一瞬そう感じたが、すぐにわからなくなってしまった。けれどふわりと鼻腔《びこう》を抜けた瞬間、白くて可憐な花のイメージが浮かんだ。

ほう、とやわらかな吐息を零すと、紫がかった紺色の空に漂うミルク色をした光の幕が目に入る。

「凄い……これはオーロラ……？」

「お前の世界ではあれをオーロラというのか。私には見慣れたものだが、お前にとっては珍しい景色か」

「はい。オーロラなんて俺の国では見られないし、見られるという特定の地域に行っても日によっては肉眼で見られるかどうか……元の世界ではそれくらい珍しい現象です。これが毎日？」

「夜はな。月というものはない。星もだ。代わりにこれがある。おそらく遠い祖先がこの世界に付け足したのだろう。伴侶が望んだのかどうか私にはわからないが、空を覆うような大がかりなものだからな。きっと伴侶のためだろう」

「……では、大昔の王様がオーロラを作ったんですか」

「ああ。それがずっと存在しているのだ。お前が嫌ならば消す。消すのは容易《たやす》い」

「いえ！　このままで。どうか俺の言葉で決めないでください……困ります」

リュリュの一言で世界を変えてしまうなんて、あまりにも恐れ多い。

「できないことはできないと言う。だがこの程度のことならば」

「いえっ、いいんですっ。……どうか。本当にこのままで」

「わかった」

オズタークは頷いた。

「もしお前が月や星というものを望むのならば、出現させられるように努力する」

「どうして、月や星のことを……？」

「母から、お前たちの元の世界では月が路《みち》を照らすと聞いた。星という名の光が流れるときに願い事をするともな。しかし私は目にしたことがないから、イメージするしかないが近いものはできると思う。——その花のように」

リュリュは胸元にある薔薇によく似た黄色い花を見た。そっと花弁に触れると、陶器のようなぬくもりと冷たさを同時に感じる。触れた箇所が細やかに輝いて、鱗粉《りんぷん》のようなものを放った。

「同じ物は作れん。私の力は所詮《しょせん》その程度のものだ」

「でも綺麗です。この花も。あの空のオーロラも。オズタークや昔の王様が伴侶を想って作った物でしょう」

「……ああ」

オズタークが少し照れたように見えた。

気難しそうで近寄りづらい雰囲気だが、時折ふいにやわらかな表情を見せる。

彼は紛《まぎ》れもなく父親似だが、ふとした表情がアンリエットの優しい笑顔を思い出させた。

「今日はありがとうございました。今朝から緊張していたけど杞憂《きゆう》でした。家族って凄いですね」

「それはどういう意味だ？」

「前王后陛下がことあるごとにお二人を厳しい顔だとか陰気な顔だとか言うのに、怒りもしないで苦笑いしていたでしょう。優しいなと思って」

「母はいつもああなのだ。それに私も父も御覧の通りで、母がいなければこの城も、下手をすれば国中も随分と陰気な世界になっていただろう」

リュリュ。——と、手を取られて、少しだけ緊張に身を強張らせた。

「お前が望むなら、私は月も星も作ろう。世界を花で満たそう」

見下ろしてくる蒼い瞳に、リュリュの強張った顔が映っていた。

びくびくとした、滑稽《こっけい》な顔だ。一途《いちず》に見つめられると申し訳ない気持ちで息苦しくなってくる。

前王はオズタークに似て真面目で誠実そうな方だった。そして前后は明るくて、優しそうだった。

一目見て、お似合いな二人だと感じるほどに幸せそうだった。

ごく自然に手を触れたり腕を絡めたりして、振る舞いや言葉の端々にお互いへの愛情を感じる二人を見ていると、こんな自分が、この人とあんなふうになれるのだろうか……と、疑問が湧いてきて、リュリュは睫毛を伏せた。

「俺……」

自信のなさが言葉を詰まらせる。

あの二人のようになれるなんて、到底思えないし、想像も付かない。

そもそも結婚相手としてオズタークに自分が釣り合うとは思えないのだ。

「リュリュ、顔を上げてくれ」

穏やかな声音で告げられた言葉にどうしても従うことができず、リュリュは胸の苦しさを覚えながら小さく頭を振った。

*

田舎町の古いバーは煙草の白い煙が天井でけぶっていた。

客は少なく、カウンターで見かけるのは昼間から酔い潰れている労働者と、旦那の愚痴《ぐち》を肴《さかな》に酒を飲んでいる中年女性だ。他にちらほら見える客はテーブルマジックなどに興味はなさそうな、寧ろ近づくなと言わんばかりの雰囲気の者たちだった。

　マスターに雇われて三日間だけ店に立たせてもらっている以上、一枚でも多くのチップを稼がなければ。そう思うのに、田舎特有の閉鎖的な空気感が流しのマジシャンを拒んでいるように感じられて、いつもは自分から客に声をかけるなどして踏み出せるのに、その一歩を躊躇《ためら》っている。

　ここ暫くステージに立っても不評だったので、ただでさえマイナス気味な自信が一層削られているのかもしれない。しかし今消極的になったら、今後店にも立てなくなる。

「ねえお兄さん、何か手品を見せてよ」と、ビールジョッキ片手にカウンターで愚痴を零していた女性が近づいてきた。今日初めてのお客だ。沈みかけた気持ちがぱっと上を向いて、「では」とコインとグラスを用意する。

「やめろくだらねぇ！」

　怒声とともに空のグラスが床で砕けた。けたたましい音に閑散とした店がしんと静まる。

「ガキの遊びみてぇなことしてんじゃねぇ！　暗い顔して目障《めざわ》りだッ。チップが欲しけりゃ余所《よそ》でやれ！」

「この酔っ払い！」と怒鳴り返す女性がテーブルを離れる。

　カウンターで口げんかが始まり、店の隅でそれを眺めながら（また失敗した……）とリュリュは小さな溜め息を落とした。

顎を押す何かの感触に気が付いて目を覚ますと、ルーカスが腹を出しながら暢気に眠っていた。なぜか人の胸の上で眠るのが好きらしく、いつもリュリュの胸で小さなお団子のように丸まっている。

今朝は珍しく仰向けでふっくらとしたおなかを出しながら、くうくうと静かな寝息を立てていた。顎に当たっていたのは後ろ脚だったようだ。ピンクの肉球がくいくいと押してくる様子に笑って、ぱくっと食《は》んでみると、『ひゃ！』と弾んだ声を上げて飛び起きた。

『リュリュに食べられた！　びっくりしたー！』

蒼い瞳をまん丸くさせながら、ピンと尻尾を立てる姿が可愛い。リュリュはくすりと小さく笑って、毛並みが艶やかな背中を優しく撫でてやった。

「ごめんごめん。起きたら、すぐそこに可愛らしい脚があったから、ついね」

『ぼくの脚はお菓子でも御飯でもないよ！　寝ぼけちゃダメ！』

ぷりぷりと怒る子猫に、「ごめんごめん」とリュリュは眉尻を下げる。指の先で三角の耳をくすぐると、ぷるぷるっとかぶりを振って、ルーカスが指を甘噛みしてきた。

『折角いい気持ちで寝てたのに！　もう！』

「ごめんって。もういたずらしないよ」

『いたずらはダメ。撫でるのはいいよ』

「じゃあそうする」

　甘噛みから解放され、ふっくらとした小山を作る背中を撫でると、途端にルーカスは嬉しそうに目を細めた。くるくると小さな音で喉を鳴らして首を反らしてみせる。

「ルーカスに首輪があったらいいのにね」

『首輪？』

「うん。猫の洋服みたいなものかなぁ。俺のいた世界では飼われている子が付けていたよ」

『ぼくはリュリュに飼われているわけじゃないよ。ぼくがリュリュの側にいたいだけだもん。でも洋服っていうのはいいなぁ！　それはどんな感じなの？』

「首の回りにぐるっと紐とかリボンを巻くんだ。鈴を付ける子もいたし、ちっちゃな飾りを付ける子もいたよ」

　こんなふうに。と、首の回りを指でなぞると、ルーカスが笑ってくすぐったそうに頭を擦りつけてきた。

「あれ…？　首輪」

『ん？　あ！　本当だ！』

　リュリュが美しい首輪を付けた子猫の姿を想像した途端、気が付くとルーカスの首の回りをグリーンのリボンがくるりと囲んでいた。サテン生地のような光沢のある布には金の鈴が一粒付いている。ぷるっと子猫が躰を揺すると、鈴がりん！　と軽やかな音を立てた。

「ルーカス、魔法が使えるの？」

『わかんない！　リュリュが魔法を使ったの？』

「俺じゃないよ。魔法なんて使えないもの」

んん？　と、ルーカスは不思議そうにしていたが、すぐにどうでも良くなったのか、それより首輪が嬉しいらしく、ベッドの上で跳ねて遊んでいる。ふわりと宙を飛んだと思えば、鏡を何度も振り返り、りんりんと鈴を鳴らしている。

『リュリュの瞳と同じ色だね！　綺麗！　これ、ぼく気に入ったよ！』

「うん。凄く似合う」

リュリュは半身を起こしベッドヘッドに凭《もた》れた。天蓋《てんがい》からは白い紗《しゃ》が掛けられて、よく見ると小さくて透明な宝石が散りばめられている、ルーカスが跳ね回る少しの風でゆらりゆらりと布が波打つたび、宝石が細かな光を発して星のように煌めいていた。

これもオズタークが用意してくれたのだろうか。――と、リュリュは思った。

リュリュの世界を知らないのにアンリエットから話を聞いたのだろう。見たこともない星を想像して、飾ってくれたのかもしれない。

『リュリュ、なんだか元気ないよ』

ひとしきり鏡で首輪を見たあと、ルーカスが膝の上に下りてきた。前脚を揃えて、ちょんと座りながら見上げてくる姿が不安げだ。

「ん。ちょっと嫌な夢を見ただけ」

『嫌な夢？　怖いの？』

「ううん。昔どこかの街で働いていたときの思い出だよ。――ルーカスは夢を見る？」

『うん！　今日は王様とリュリュと一緒に御飯を食べる夢を見た。他にも沢山人がいたよ。きっとパーティーなんだ。ぼく、リュリュとお菓子を食べたんだ！』

「パーティーかぁ……」

その言葉を聞くと憂鬱《ゆううつ》になる。

ルーカスの可愛さに癒やされたばかりなのに、思わず溜め息が洩れてしまった。当然ルーカスは一層心配した様子で、耳が前に後ろにと忙《せわ》しなく動いている。

「昨日王様とご両親との食事会があったんだけどね。帰り際に王様に言われたんだ。明日、お披露目《ひろめ》会があるって」

『パーティー!?』

「きっとそう。ねえ、ご両親と会ったりお披露目会をしたりなんて、どうしてそんなに急ぐのかなぁ。俺はまだなんにも気持ちが固まってないし、そもそも儀式ってのが成功していないんだよ？　失敗したらどうするつもりなんだろ」

『前の王様も、前の前の王様も素敵な伴侶と出会ってすぐに儀式を成功させていたからね。だから今回もきっと大丈夫と思って、みんな安心しているんだ』

「そんなの……確証がないじゃないか」

『それに、みんな王様の伴侶に会いたがってる。だってリュリュはユナ＝セラで二番目に大切な人だもの。メイドの二人も言っていたでしょう。お城も城下街もお祝いムードだって。新しい王妃はどんな人かそればっかり話してるってさ』

「だから余計に行きたくないんだって」

　はあ……と、吐きたくもない溜め息がついつい零れ落ちてしまう。伴侶だの結婚だのと聞いてから、ずっと胸の辺りが苦しくて、気持ちも沈みがちだ。

　リュリュはルーカスを抱き締めた。

「ねえ、ルーカス。今夜のお披露目会、一緒に来てよ。一人じゃ寂しいんだ」

『王様がいるよ。リュリュの味方でしょ』

「そうだけど……そうだけどさ……そうなんだけど……」

　一番の味方のはずだが、その誠実すぎる優しさや、一途な想いがプレッシャーなのだ。

　ルーカスは王様の大ファンらしい。純粋なまでに信奉《しんぽう》している。そんな子猫に不満を言えるはずもない。むぐむぐと言葉を濁していると、『あー、もう！』とルーカスが小さな牙を見せて怒った。

『わかった！　リュリュが心配だから、ぼく一緒に行ってあげる！』

「本当！　ありがとう！」

『ンもう。ぼくだって、ドキドキしちゃうから本当は嫌なんだからね！』

「うん！　ありがとう。ルーカスは優しいね！」

『王様のほうがもっと優しいよ。リュリュのこと一番に考えてるよ』

「……うん」

　だから側にいると、もっと息苦しくなってしまうのだ。

　期待に添えないことが苦しいし、どんなに求められても不釣り合いだと感じてしまう気持ちが拭えない。

「俺、どうして選ばれたんだろ……やっぱりよくわからないよ」

　突然呼ばれて、受け止めきれないほどに優しくされて。返せるものなんて何もないのに。

「理由がわかったら、少しはスッキリするかなぁ……ねえ、ルーカス」

『さあ、どうだろうね。でもリュリュはきっと答えを出せると思うよ』

「……どうしてそう思うの？　あ、また王様が選んだからとか、ユナ＝セラが選んだからとか言う気だ」

『それもあるけど、ぼくがリュリュを見てそう思うからだよ。リュリュはいい子で優しいんだ。でもちょっとだけ勇気がないから悩んでいるだけ。甘える勇気や、信じる勇気だよ。きっとそうだよ』

　肩の上に軽々と飛び乗り、全身を擦りつけてくる。やわらかくて温かくて艶やかな毛並みに癒やされる。リュリュよりルーカスのほうがずっと優しいのに。

『今は勇気が持てなくても、何かのきっかけで気持ちが強くなれたらいいね。ぼく、応援してるからね！』

「やめてよ、プレッシャーだよ。……でも、ありがとう。俺にはルーカスって味方がいるんだ」

『王様もだよ！　王様も！　一番の味方だよ！』

「うん。わかってる」

ルーカスとオズターク。どちらもリュリュの味方なのに、どうして自分の気持ちが追いつかないのだろう。

やはりまだ怖いのだろうか……。

リュリュにはわからなかった。

＊

夜、宮中でお披露目会が開かれることになった。

朝からその準備でメイドたちは忙しいようで、リュリュがいる部屋の外には、ずっと落ち着かない空気が漂っていた。

リュリュはリュリュで朝食を食べながら、今日もメイド二人による贈り物の箱の開封作業に付き合い、身分不相応な品々に胃が痛くなったり気が重くなったりしていた。とはいえ異世界の煌びやかな品々を見るのは愉しかった。それが自分への贈り物でなければ、もっと愉しめたかもしれない。

朝食を終えたあとは夜のための準備とやらで、念入りに躰を洗われ髪を梳《す》かれたり爪を整えられたりと、ありとあらゆるメンテナンスをされた。

その間、今夜の招待客のプロフィールを延々と聞かされ、覚えるだけ覚えろと無理難題を言われた。おかげで躰はさっぱりしたのに頭は疲労でぼんやりしている。招待客だけで百人近くいるのに今すぐ覚えろというほうがどうかしている。

ルーカスはベッドの上で跳ねて遊んだり、ソファでごろごろしたりと猫らしく自由気儘《きまま》な時間を謳《おう》歌《か》していた。このときばかりはリュリュも猫になりたかった。

突貫工事で人前に出られる程度に綺麗にしてもらい、準備を終えたのは窓の外が薄暗くなる頃だった。

招待客は既に来城しているらしい。そんな情報を聞いても緊張が増すだけだ。

元マジシャンでステージにも数え切れないほど立ってきたのに、本番前の緊張感にはちっとも慣れない。

舞台に立っても皆の視線が集まるのは苦手だったことを、今更ながら思い出した。それでもマジシヤンになったのは、指先から紡《つむ》がれる技が我ながら魔法みたいで、そのときだけは心が沸《わ》き立ったからだ。

マジックという魔法が使えれば幸せだっただけで、ステージに立つ行為そのものには最後の最後まで慣れることができず、失敗ばかりだったけれど……。

準備を終えて間もなく、オズタークが部屋へ迎えに訪れた。

「ああ……今日の衣装もとても似合っている」

「ありがとうございます。……あなたも」

「うむ。ありがとう」

穏やかな声音ながらも、僅かに高揚しているようなオズタークは昨夜同様ユナ＝セラの伝統衣装を纏って威厳に満ちていた。昨夜よりも更に上質な仕立てで、銀のサーベルを腰に差している。

帯剣したら、さぞかし様になるだろうと思っていたその姿が目の前に現れて、ちゃんとした褒め言葉を口に出す前に絶句してしまった。

やはり絵になる。厳粛《げんしゅく》なのに男性的な勇ましさもあって、立ち上《のぼ》る気品と色気に飲まれてしまいそうだ。

一方のリュリュときたら、メイドたちにどうにかこうにか見栄えよくしてもらった程度で、彼と並ぶと暗い顔や貧相な体型が目立ってしまう。

今夜の衣装は昨夜よりも躰のラインがわかる薄手の桜色の長い上着——というよりロングドレスの

ようだ。巻かれた腰紐が細すぎる腰を強調していて気恥ずかしいし、ジョーゼットのようなやわらかな生地が、歩くたびに上着の裾とボトムスをふわふわと踊らせている。

　ステージ衣装より派手だった。――それでリュリュが気鬱になっていると、ルーカスがふわりと肩に乗ってきた。

『王様、かっこいいね！　リュリュも素敵だよ！　ねえ、ねえ、ぼくは？』

　金色の小鈴をりんりん鳴らしながら、グリーンの首輪を見せてくる。

「可愛いよ」と、オズタークに気付かれないように小さな声で、背中を撫でてやる。

「なんだ？」

「いえ。なんでもありません」

　リュリュの肩で白い子猫が尻尾を揺らしているのに、何も言わないということは見えていないのだろう。鈴の音だってしているのに、この国の王様ですら見えない生物とはなんなのだろうか。リュリュにはわからないことばかりだ。

　王様に言ったら最後、退治だの捕獲だのといった騒ぎになりそうで、リュリュは黙っていた。

　正体がわからなくても、やはりルーカスはリュリュにとって見知らぬ世界での心の拠《よ》り所であることに変わりはない。リュリュが黙っているとわかっているのか、今日はオズタークから隠れることもせず、ルーカスも肩の上で堂々としていた。

　それからリュリュは王様にエスコートされ部屋を出て、昨日と同じく長い長い廊下を歩いた。

前と後ろに兵士が三人ずつぴったりと付いて護衛しているのは、城に出るという怖い化け物を警戒しているからだろうか。

「どうした。気になることでもあるのか」

きょろきょろと前後の兵士を見ていたせいか、オズタークにそう尋ねられた。

「お城には今、怖い化け物が出るかもしれないんですよね？　それなのにパーティーをするのかなと思って。危なくないんですか？」

繁殖期中はオズタークの魔力が不安定になるから城に怖い化け物が出ると、初日にルーカスから聞いた。それを思い出すと、「うむ」と黒髪を揺らして彼は頷いた。

「皆、魔除けやらまじないの符やらを持っているから大丈夫だ」

「ではそれを俺にも貰えないですか？」

煌びやかな花器だの宝飾品だのよりはよっぽど役に立つではないか。そう思ってリュリュが言うと、「それは無理だ」とオズタークが残念そうな顔をする。

「魔除けやまじないは民に効果があるのだ。儀式が完了していない以上、お前はまだユナ＝セラに国の民として認められていないのだよ。本来ならば、一番に与えねばならないのだがな……」

「……そうなのですか」

「あの部屋にいるかぎりは結界で守られている。部屋を出るときは兵士が付くし、私もいる」

「はい」

とはいえ、いつまでも閉じ込められている生活はつらいものがある。しかしそれも儀式が成功すればいいだけのことなのだろうが、自信がない。

「リュリュ。今夜の会は盛大に行われる。慣れない場で疲れるかもしれないが、どんなことでもいい、何かあったらすぐに私を頼ってくれ」

「はい。ありがとうございます」

自分は何も応えられないのに、一途な優しさが心苦しい。溜め息を吐くこともできずに表情を強張らせるリュリュの頬に、ルーカスが熱心に頬擦りしてきた。『ぼくもいるよ』と、言っているのかもしれない。

昨夜とは違う長い通路を過ぎて、案内されたのは「白夜の間」だ。扉の向こうでは既に大勢の話し声や笑い声がして音楽が流れている。

アルプスの小さな街で聞いたような、少し懐かしい音色に耳を傾けていると、大広間の扉が開かれた。さーっと話し声が消えて、音楽だけが流れる。

クリスマスツリーをひっくり返したような大きなシャンデリアに目を奪われたリュリュは、次いで色とりどりの肌をした風変わりな人たちに気が付いた。

蒼い肌に赤い肌、黄色や薄紫色をした人もいれば、メイドたちのように真っ白な人々もいる。身長も大小まちまちで角がある者もいればない者もいるし、角だけではなく翼がある者、尻尾がある者と、目に入るすべての招待客たちが個性的でリュリュの想像を超えていた。

「リュリュ」と、オズタークが手を差し伸べた。相変わらず馴染めない気持ちのまま、そっと手を重ねるとオズタークとともにリュリュは歩き出す。

はっ…と、一斉に皆が息を呑む音がして、拍手の津波が起こった。その中を二人が歩いて行くと、列席者は次々と片膝を折り、頭を垂れていく。オズタークの姿は堂々としたものだ。手を引かれながら進むリュリュは居心地の悪さにビクビクしてしまい、逃げ出したくてたまらなくなった。

『リュリュ、堂々と！　さあ、胸を張って！』

耳元でルーカスに励まされながら、どうにか言われた通りにして最奥《さいおう》の玉座まで辿《たど》り着いた。

「オズターク王、そしてこのたびユナ＝セラへお越し頂いた伴侶、リュリュ様にございます」

あの池の畔《ほとり》で見た白髪の老人が声高らかに告げると、頭を下げたままで皆が「ようこそお越しくださいました」と一斉に声を揃えた。

「リュリュ、皆に挨拶《あいさつ》を」

オズタークに言われ、リュリュは「え！」と小さく声を裏返した。

『ありがとうって言えばいいだけだよ。リラックス、リラックス』

「あ、ありがとうございます」

ルーカスがいなかったら何も言えなかっただろう。震える声で告げると、オズタークが安堵した様子で一つ頷いた。良かった。大丈夫だったらしい。

「皆、楽に」

王が言い、招待客が一斉に顔を上げて立ち上がった。大勢の視線が一気にリュリュへと注がれて、じわじわと更なる緊張がやってくる。不安を察したのかルーカスがまた頬擦りしはじめた。

「今宵はよく来てくれた。束《つか》の間だが愉しんでくれ」

王の言葉のあと、再び音楽がはじまる。指を絡めて踊りはじめる者、既に飲みはじめている者、追いかけっこをする子供たちと、賑やかな光景だ。

自己紹介をさせられるということもないようでリュリュが密かに安堵していると、卵形の躰をした夫婦らしき二人が玉座の前で片膝を突いた。

「このたびはおめでとうございます。こちらはガスラン村からの祝いの品にございます」

小さな手で大きな箱を掲げる。

いつの間に控えていたのかメリーが箱を受け取り、アリスとともに中を確かめたあと、オズタークとリュリュに見せた。

中には金の鳥の置物――かと思えば、羽ばたいている。生きているのだ。「わっ」とリュリュが声を上げて驚くと、金の鳥は箱の中でエメラルドの瞳をぱちくりとしてみせた。

「貴重な鳥を感謝する。伴侶も喜んでいるようだ」

「ガスラン村一同、お二人の末永いお幸せをお祈り申し上げます」

彼らが去ると、背後に控えていた者が膝を折る。気が付けば、ずらりと長い列ができているではないか。なるほど。オズタークが心配した通り、疲れる夜になりそうだった。

今夜も数え切れない品々に散々驚かされた。リュリュの反応がいちいち面白いのか、オズタークが時折苦笑している。どうにか列が一段落して安堵した頃、子供たちが興味津々な様子で近づいてきた。

「お手に触れてもいいですか？」と、恥ずかしそうに小さな手を伸ばす男の子に、リュリュが手を差し出すと、嬉しそうに指を握ってきた。

「王様と伴侶様が幸せになれますように」

なれますように！　と、子供たちが愛くるしい声で口々に繰り返して指を握ってきた。

「まじないだ。よく効くのだぞ」

王様に言われて、子供たちが笑顔になった。子供たちにまで祝福されているなんて知らなかった。慣れない幸福感に胸がくすぐったい。

『ねえ、リュリュ。子供たちにお礼をしてあげて。ぼくに見せてくれた、あの魔法を見せてあげてよ！』

「あ、そっか……」

ルーカスに言われて、上着の前ポケットに入れたコインを取り出した。

「みんな、ありがとう。お礼に——さあ、よく見てて」

ルーカスに見せたときのように指で弾いたコインに子供たちの視線が集まる。上がったコインを左手でキャッチ。両方の拳を見せる。

「コインはどっち？」

「こっちー！」と溌剌とした声が揃った。

ルーカスまで一緒だ。彼らの無邪気な反応が懐かしい。公園で練習していたときは、子供たちに大人気だったのだ。

「本当かな？　じゃあ、左手を開いて確かめてみようか。——それ！」

わ！　と、子供たちが一斉に瞳を輝かせた。

「あれ？　こっちにないね。じゃあ、こっちは？」

「あった！　反対の手にあった！」

きゃあ！　と歓声を上げて喜ぶ純粋な瞳が嬉しい。マジックをやめようと思っていたのに、ユナ＝セラへ来てからというもの、たまにマジックをするとまんざらでもない気持ちになってくる。

いや、寧ろ愉しくて心が躍っている。コインの技だけではなく、リュリュはもっともっといろんなマジックができるのだ。見せてあげたい。見てほしい。そんな気持ちになっている。

「もう一回！　もう一回！」と子供たちにせがまれて、リュリュは披露してみせた。ごく簡単なコインマジックなのに、子供たちは心の底から驚いてくれる。

「リュリュさまは魔法使いさまなの？」

「魔法使い様！　リュリュさまは魔法使い様だ！」

「えっ、いえっ、これはっ」

種も仕掛けもあるマジックで――。

そう言いかけて、子供たちの声に気付いた招待客が次々と「魔法使い？」と繰り返して、リュリュを見はじめた。

「あ……」

違うのに、困った。完全に誤解されてしまっている。

しかも皆のその瞳が喜びに輝いていて、リュリュは声が出せなくなってしまった。

なによりリュリュの隣で一部始終を見ていたオズタークが蒼眼を見開いていた。常に穏やかで落ち着いていた彼が、今まで見せたことのない驚きの表情をしている。

「……リュリュ、お前は、魔法使いなのか？」

「えっ、ぃえっ、これは」

『リュリュ！　がっかりさせちゃダメ！』

「でも……！」

これは嘘を吐《つ》いていることになるのではないか？　少なくとも騙《だま》していることにはなるだろう。

――しかしリュリュが思う以上に事態は大事《おおごと》になりはじめた。

「おお……！　これはまさしく魔法!!　吉報でございますぞ、オズターク様。魔法使いはここ何代も現れてはおりませぬ。今このときに顕界《けんかい》されるとは、まさに運命かと！」

「ああ……魔法使いなど夢物語の中の話かと思っていたが、本当に存在していたとは……リュリュ、お前は私の光だ」

「いえ、これは……」

『リュリュ！』と、なぜかルーカスが窘《たしな》める。なぜそんなにもマジックであることを隠したいのだろうか。妙なプレッシャーに汗が出てきた。

「予定を変更しよう。――アタハン、リュリュを頼む。私は一時《いっとき》席を外す」

「かしこまりました」と白髪の老人がうやうやしく一礼すると、広間にいた皆も一斉に低頭した。王は兵士を従えて大広間を出て行く。玉座に一人残されたリュリュは一体どうすればいいのか。

「あ、あのっ、オズタークはどこへ」

アタハンと呼ばれた老人に尋ねる。

「王は宝物庫へ向かわれました。じきにお戻りになります」

老人の言う通り、オズタークは間もなく戻ってきた。手には質素な硝子の小箱を持っていて、再び皆の注目が二人に集まった。

「皆様、静粛《せいしゅく》に。これより王から伴侶へ婚約の証が贈られます」

は…と、皆が期待に息を呑むのがわかった。

前にメイドの二人が言っていた、王からの贈り物とはこれのことだろうか。表情をあまり出さない二人が珍しくうっとりとしていたのを思い出した。

「前王にならい冠《かんむり》を用意していたが、気が変わった。リュリュ、これを受け取ってほしい」

オズタークがリュリュの目の前で硝子の小箱を開ける。中にはほんのりと桜色を帯びた、リュリュの小指の爪よりも大きな透明な宝石が嵌《は》まった指輪があった。

「これは……」

「かつて魔法使いが持っていたという指輪で、真の魔法使いが嵌めると七色に光ると言われている。宝物庫の中で長らく保管されていたのだ。私も初めて見る」

「それって貴重な物ではないんですか？」

「ユナ＝セラで最も重要な宝の一つだ。これをお前に身に付けてほしい」

「そっ、そんな高価な物、俺が……っ」

無理！　と、言いかけた直後、ルーカスに右耳を噛まれた。

鋭い痛みに悲鳴が出そうになったが、ぐっと堪える。痛みでじわじわと涙が滲んでくると、オズタークは何を思ったのか硬い表情をやわらかくした。

「涙ぐんでまで喜んでくれるか。私も嬉しい。お前が魔法使いとは、これほど嬉しい報《しら》せはない」

「……そんな、俺は……」

ただのマジシャンで、魔法使いなんて大層な者ではないのに。しかし言い訳しようとするたびルーカスが耳元で『だめ！』とストップをかけてくる。

一体なんなのだ。誤解されたまま弁解もできず、オズタークや大広間にいる大勢の招待客の喜びようにリュリュは息苦しくなる。

「リュリュ、手を」

オズタークが手を差し伸べた。

もし指輪を嵌めて光らなかったらどうする？

そもそもリュリュはマジシャンだ。魔法使いなんかじゃない。

差し伸べられたオズタークの大きな手を見つめながら躊躇うリュリュに、ルーカスが小声で急かす。

ルーカスはリュリュが魔法使いじゃないと知っているのに、どうしてだ。

（もう、どうなっても知らないから）と半《なか》ばやけっぱちな気持ちになって、そっと王の手に左手を重ねた。一方で心のどこかで（もしかして……）という淡い期待もしていた。

だってここは魔法の世界だ。王様が魔力で創った世界で、王がリュリュが魔法使いなのが嬉しいと喜んでくれるならば——もしかして……。

左の薬指に指輪が嵌められていく。

ひやりとする感触と、大きな石の重みが伝わってくる。

指輪はまるで誂《あつら》えたようにリュリュの指のサイズにぴったりだった。はじめに覚えた重みもいつの間にか消えて、不思議なほど指にしっくり馴染む。

オズタークがじっとリュリュの指を見つめた。

アタハンと呼ばれた白髪の老人も、メイドの二人も。気が付くと招待客は皆無言になっていて、大広間はリュリュにとって心地の悪い静寂に包まれる。

「……っ」

リュリュはたまらず、ごくりと喉を鳴らした。心なしか指先が震えている。

――指輪はどんなに待っても光る気配はなかった。

当然だ。リュリュは魔法使いではないのだから。

「あの……俺は……」

リュリュは震える声で、やっと一言零した。

老人はにっこりと笑った。

「お気になさいますな。すぐに反応があることは稀《まれ》です。指輪が馴染んだとき、真の証である光が灯ると文献にもございます。そのようなことが幾度もあったと確かに記されております」

白髪の老人アタハンの言葉に、皆がほっと息を吐いた。それは王も同じだが、やはり心なしか表情は固い。

「……ごめんなさい。俺……」

期待に応えられず、落胆したリュリュは震える声で弱々しく言った。

「謝ることはない。アタハンも言っていた。時期が訪れるのを待とう」

「でも……」

花も結実していない。そこへきて指輪まで光らないでは、リュリュが呼ばれた意味があるのだろうか……。

もし誰かと間違えているとしたら？

本当は別の誰かが呼ばれるはずだったとしたら――？

疑惑が次々と湧いては、リュリュの胸をざわつかせた。

「皆が見ているのだ。そう暗い顔をするな。民を安堵させることも我らの役目なのだ」

「お花はきっと実を付けます！　だってリュリュ様は魔法使いですもの！」

「そうですとも！　いずれは成功間違いなしでございますぞ！」

暗い顔をしたリュリュへ励ましの声が次々とかけられる。

指輪が光らなかったことは勿論だが、花が結実していないことも周知されていたのかと今知って、余計に気落ちしてしまった。

元の世界でも、この世界でも、リュリュは期待に応えられないし、失敗ばかりする。

そんな自分が悲しくて、オズタークの優しさが苦しかった。

*

お披露目会を終え、夜更けになった。

自分の部屋へ戻ると、軽い目眩がした。

長い緊張が解けたせいか、立っているのが急につらくなってベッドへ横になると、遠くのほうでメイドが慌ただしく動いている音が聞こえた。

誰かに何かを言われて肩を軽く揺すられたが、疲労のせいかよく聞こえない。

大丈夫、聞こえているから……と返そうとしたが口から洩れたのは微かな呻き声だけで、リュリュはいつの間にか深い眠りに落ちていった。


『――なぜ笑えないのです？』

午後の夕日が差し込む一室で、シスターは困ったように言った。

『あなたに会いに来られる方は、皆、素晴らしい人たちなのですよ。あなたを学校に行かせて、一人前に育ててくださるというのです。それなのにあなたに愛想がなくては皆さんがっかりされるでしょう？』

そこは孤児院だった。今朝から養子を希望する大人たちが何人か訪れて、リュリュや他の子供たちを見ていった。特にリュリュは他の子たちよりも成長していて、職員たちは早く引き取られてほしいと考えているらしい。要は邪魔物扱いされていた。

『次はちゃんと笑うのですよ。愛想を良くして、あなたがとてもいい子だと皆さんに伝えるのです』

いいですね？　と、中年のシスターに念を押されたけれど、リュリュはどうしても頷けなかった。笑うことはいくらでもできる。でも、笑ったり愛想を良くしたりするお芝居をして、もし本当に養い親が決まってしまったら、リュリュは一生彼らを騙し続けなくてはいけなくなってしまうではないか。そんなのは嫌だ。

いつまでも頷こうとしないリュリュをシスターは不満に思ったようだ。

『今夜は食事抜きです。部屋に籠もって反省していなさい』——冷ややかにそう告げてシスターは部屋を出て行った。

一人残されたリュリュは窓の向こうにあるオレンジ色の夕日を見つめて、最後に睫毛を伏せた。

また失敗した。

……でも、嘘は吐かなかった。

それだけでも幸いだ。リュリュはそう思うことにした。

ふわりと眠りから覚めると、白い紗の天蓋布がやわらかく波打っていた。

宝石の粒が星のようにきらきらと光り、それが綺麗でリュリュは目を細める。

「目が覚めたか」と、穏やかな声をかけられ、オズタークの大きな手に頬を撫でられた。

「……俺……」

「少し熱があったそうだ。もう下がっているから安心しなさい」

「熱…？」

「どうやら疲れが出てしまったようだ」

「ずっといてくれたのですか……？」

驚くリュリュに、オズタークは優しく言った。

「伴侶が不調を訴えたのだ。当然だろう」

「……ごめんなさい。また心配かけちゃって。……俺、全然ダメで……」

「気にするな、リュリュ。私とて不甲斐ないのだ」

「あなたは別に、何も。いつだって俺の味方になってくれている。……でも指輪は光らなかったし……やっぱり俺には資格がないんです。俺は何も応えてあげられない」

「やはりそれを気に病んでいたか」

オズタークが小さく吐息した。

「私が良かれと思い指輪を贈ったのだ。喩《たと》え光らなくても、それはお前に与えたいと思ったのだから気に病むことではない。――それに司祭も言っていただろう。指輪は必ずしもすぐ発光するわけではないと」

「ですが……光る確証だってない」

「このまま光らないという確証もない」

「そうですけど……でも……」

「リュリュ。お前が落ち込む必要などないのだ。すべての責任がお前にあるわけではない。寧ろ不甲斐ない私が責められるべきことだ。決して気に病むことではない」

　違う。オズタークは過分なほど、よくやってくれている。それに応えることができないと思うと、心が痛くてたまらないのだ。

　いっそ芝居でもいいから笑うことができたなら、どんなにかいいだろう。しかし偽りの笑顔で彼が喜んでくれるのか……。余計に失望させてしまうのではないだろうか。

「オズターク……俺がここに来たのはきっと何かの間違いです。だってあなたを苦しめてばかりいる。……俺……それでも帰れないんでしょうか」

　あの世界に帰りたいかと言われればノーだ。だけど彼をこれ以上心配させることも嫌だ。

　弱々しく告げたリュリュの手をオズタークはそっと握ってきた。

「私は過ちではないと確信している。王花が結実しなくても、指輪が光らなくても——リュリュ、私の伴侶はお前だ。間違いなどあるはずがない」

「オズターク……」

　儀式に失敗すれば、あなたは消滅してしまうのでしょう？

　それも覚悟しているのだろうか。こんな不甲斐ない自分のために……。

　シスターのように冷たく見捨ててくれたら気持ちも楽だった。しかしそう思ったあとで、彼に捨てられたら本当に何もかもなくなってしまうという不安に、リュリュは胸をざわつかせている。

表情の優れないリュリュを慰めるように、ルーカスも重なり合った手に頬擦りをしていた。


リュリュが再び眠りについたあと、オズタークは隅に控えていた医者とともにそっと部屋を出た。

外では老司祭のアタハンが従者と兵士を従え、落ち着かない様子で待っていた。オズタークと一緒に入室しようとしたのを止められたのだ。それからずっと待っていたのだろう。

「いかがでしたか？」と、早速訊いてきた。

「今は眠っている。熱は下がったことだし、もう大丈夫だろう。明日はゆっくり休ませる」

兵士を従えて私室へと歩きだす王のあとを、皆が追った。

「ですが明日は四日目ですぞ。あと三日で王花が枯れてしまうのです。もっとしっかりせねば」

「そうは言うが、熱が出たのは心労からだ。期待に応えられないことを酷く気に病んでいたのだ。弱っているというのに追い打ちはかけられない」

「しかし王花は待ってはくれませぬ。儀式が失敗しては王が――」

「アタハン。私はリュリュの気持ちが落ち着くまで婚姻の儀式を止めようと思う」

「そ、そのようなっ。なりませんぞ」

言葉を遮ったオズタークに、アタハンは焦りだす。

「民たちは最終日の婚礼を愉しみにしておるのです。大臣たちも通例通りにことを進めるつもりでおりますし、中止などしては私が責められます」

「私が決めたことだ。お前に責任はない。大臣たちも意見があるならば私に直接言えばいい」

「オズターク様、しかし……」

「決めたのだ。最終日までに結実すれば目的は果たされるだろう。儀式は成功だ。婚礼の儀はそのあとでもなんら問題はない、寧ろ結実しないまま婚礼の準備を進めているほうが過ちなのだ。しきたりに捕らわれすぎだ」

　老司祭は慌てているが、オズタークは既に決意していた。

「そのような王が過去にもいなかったわけではないでしょうが……しかしそれではあまりにも危険かと。せめて早く結実を終えて皆を安堵させなければなりません。伴侶を召喚した日から、まだ一度しか結実の儀式をしておりませんし……せめて明日にでももう一度……」

「駄目だ。リュリュを休ませる」

　オズタークは断言した。

「それでまた結実に失敗したらリュリュは余計に傷つくだろう。民は大事だ。国も。——だが伴侶を苦しめてまでしなければならないこととはなんだ。私は唯一の伴侶を傷つけたくはない。仮に愚王と民に嗤われたとしてもだ」

　アタハンは物言いたげだったが、オズタークの固い決意に気付いてか結局口を噤《つぐ》んだ。

不満はあるだろうが、王の意思を汲み取ってくれたのだろうとオズタークが得心《とくしん》した矢先、老司祭が呼び止める。

「オズターク様、どうかお考え直しを。時間がございません」

「くどいぞ、アタハン。もう決めたことだ」

厳しい口調で言いながら振り返ったそのとき、白い閃光がぱっと双眼を眩《くら》ませて、オズタークはよろめいた。

「――……な……」

何を。と言いかけたところで、意識が急速に遠退《とおの》いていく。

「王よ、お許しくださいませ。このままでは大臣たちに示しが付きませぬ――」

老司祭の言葉を遠くに聞きながらよろめいたオズタークの躰を、従者たちが支えた。

*

――誰かの声で再び眠りから覚めると、チカッと何かが光った。

朝日だろうか？　それとも何かの明かりだろうか？

一瞬感じた眩《まばゆ》い光に引きずられるように意識がまた遠退いていく。

ふわふわとして心地がいい。ぬるま湯に浸っているような、全身が満たされる感覚に包まれて、リュリュはうっとりとした。

夢見心地に浸りながら脱力した四肢を投げ出す。雪のように積もっていた今までの不安が春の訪れとともに溶けていくような感じがする。慈愛に満ちたぬくもりと優しさが肌の上を幾度もすべっていき、リュリュを幸福感で包む。

幸せな感触だった。今まで感じたことがない甘い甘い砂糖水に浸されたような、うっとりとする心地だ。すべてを預けてしまいたくなる恍惚《こうこつ》感に、甘い吐息が次第に零れていく。

「……ぁ……は、ぁ……」

一際《ひときわ》温かな何かで胸を撫でられて、肌がざわついた。

掠れた喘《あえ》ぎとともに軽く胸が反ると、今までとは違う感触のものが右胸の突起の先を撫でてくる。微かにざらついて、しっとりと濡れた感触に、ひくん、と躰が小さく跳ねた。

なんだろう。不思議な感じだった。

ぬくもりに包まれながら気持ち良さに浸っているのに、胸の底だけがジンジンしているみたいだ。けれどそれが悪い心地というわけではなくて、躰の芯を疼《うず》かせる。初めての感覚に戸惑いながらも、突起から伝わるこそばゆい刺激を追った。

ふいに細く鋭い痛みが突起を刺した。

「アッ――」

弾んだ声を出してリュリュは仰《の》け反った。その拍子にはっきりと目が覚める。

「え…？」

ベッドサイドのローチェストに灯るランプに目が行った。

淡い光が室内の闇を薄くしている。さきほどまで見ていた夢の、ぬるま湯に浸るようなぼんやりとした感覚を思わせるランプの色を眺めていると、胸の上を熱い何かがすべっていった。

ざわ、と不可解さに皮膚が粟《あわ》立ち、胸が反る。すると左の突起にも痛みが走って、たまらず「あ！」と声が零れ出た直後、リュリュは目を見開いて悲鳴を上げた。

リュリュの躰の上に何かがいる。大きな手が左右から胸を撫でて、さらさらとした黒い物が浅い胸の谷間を這《は》っていく。それが波打つ髪だと知ると、胸を愛撫《あいぶ》する者の正体がすぐさま導き出された。

「なっ、なに!?　え…！　オズターク……!?」

声を裏返して驚くリュリュに彼がのろりと顔を起こす。その蒼い瞳には生気がなく、表情も虚《うつ》ろだ。しかしリュリュと目が合うと、顔を近づけてくちづけしようとしてきた。

「オズターク！　オズターク!!」

大きな手がリュリュの後ろ頭へと回り、逃がさないように押さえる。

おかしい。こんなのオズタークではない。焦り、脅えるリュリュが彼の胸を強く押すと、オズタークが微かに呻き声を洩らした。

「リュリュ……？」

オズタークは数度瞬きしてから目を見開き、やがて驚愕したようにリュリュを見つめた。そして辺りを見回し、焦ったようにガバッと身を起こす。

「こっ、これは!?　これは一体なんだ。なぜ我々は寝台にいる……？」

「そ、それは俺だって知りたいですっ、どうしてこんなこと……っ」

「こんなこと、とは……――ッ」

リュリュの裸の胸に気付いた途端、オズタークが息を呑んだのがわかった。

自分の格好に遅れて気が付いたリュリュは、開けられていた寝間着の前を慌てて合わせて縮こまる。同性とはいえ、貧相な躰を見られてしまった。見られるどころか、あちこち触られた気がする。

「こ、これって……っ、つまりは……、……えっ、ええ……!?」

夜這いとか、セックスとか、自分には今まで関係がなかったようなワードが交互に浮かんで、どきどきしながら軽くパニックを起こしているうちに、息を呑んだまま暫く硬直していたオズタークが漸く我に返ったようだ。

「私はとんでもないことをしてしまった……。リュリュ、私はお前を……ああ、なんてことだ」

口を押さえて大きく身を引いたオズタークも、きっちり着込んでいたはずの民族衣装を激しく乱れさせていた。なにより酷く取り乱して呆然としている。

「信じられない。私はお前の信頼を得ようと努めてきた。誓ってこのような不誠実なことは……」

「オズターク……？」

途中で言葉を止めたオズタークが驚愕した。――その途端、リュリュが絶句するほどの怒気が彼の全身から噴き出して、その気迫に飲まれたリュリュは恐ろしさに身を強張らせた。

「アタハン――この私に術を使ったな」

初めて聞く低い声だ。ぞっとするような怒りを纏いながら、オズタークが着崩したままの姿でベッドを下りて、部屋を飛び出していく。リュリュは彼の迫力に圧倒されて声も出せなかった。四肢が強張って、心なしか涙目になってしまった。

しかしこのままでは良くないことが起こるような気がする。アタハンとは、あの白髪の老人のことだろう。位の高い人のように見えたし、きっと王にとっては大事な人だ。

震える脚でベッドを下り、リュリュはオズタークを追おうとした。

「部屋を出てはなりません！」

重たい扉を開けるや否《いな》や、兵士に行く手を遮られたが、リュリュの視線はすぐそこにいた王へと向けられていた。オズタークの前にはあの白髪の老人がいて、胸倉を摑まれている。従者たちが王と老人を交互に見ながらおろおろしていた。

「気でも狂ったか、アタハン。大した魔力も使えぬお前が、術を使ってこの私を操ろうなどと！　こんなことをしてもどうにもならないと、なぜわからぬかッ」

「日がないからでございます。あと三日で王花が枯れるのですぞ！　伴侶のお心も大事ですが、まずは結実の儀を行いませ」

「深く心を通わせなければと言ったのは、お前ではないか」

「ですから、これは荒療治なのです。お躰を交わらせることで、お心が繋《つな》がるかもしれませぬ！　過去にもそのような例があったことは文献でも確かです」

「文献など知らぬ！　このようなことは愚《おろ》かな行為だと、司祭長ともあろう者がなぜわからぬかッ」

王の激昂《げっこう》にアタハンは声を詰まらせて、そして最後には深く俯いた。

「……王を案ずるがゆえに焦ってしまい、出すぎたことをいたしました。元より覚悟はできております。どうぞなんなりとご処分を」

「待ってください！　オズタークッ」

深々と頭を垂《た》れた老司祭を見て、リュリュは制止の声を上げた。

「下がっていなさい、リュリュ。これは私とアタハンの問題だ」

「俺だって当事者だよ。やることが容赦なくてかなり驚いたけど、でもオズタークを心配してやったことでしょう。その人は悪くない。罰せられるかもしれないとわかってて、それでもあなたのためにしたんだから」

兵士に押さえられながらも、リュリュは訴える。しかし王もそう簡単には怒りを鎮《しず》める気はないらしく、鋭い視線が向けられる。

「この私に術をかけて、お前を手籠めにさせようとしたのだぞ。心を通わせなければならないとはいえ、無理に躰を重ねる必要などないというのにだ」

「形《なり》振《ふ》り構っていられないって思ったんでしょう。……結実の儀式に失敗しちゃったんだから、心配になるのもわかるよ。手を離してあげて」

「リュリュ……お前は」

オズタークは未だ不満なようだが、最後はリュリュの言葉に折れて老人の胸倉から手を離した。

「リュリュ様……あなた様のご心痛を知りながら、本当に申し訳ございません」

アタハンが再び頭を下げた。

「いいんです。……ちょっとびっくりしちゃったけど」

「リュリュ、出会ってから築き上げてきた信頼を崩したこと、私からも謝罪する。怖がらせただろう。すまなかった」

「オズタークだって驚いてたでしょう。おあいこです」

「……ああ」

漸く王から怒気が消えて、穏やかな声音が戻った。それだけで皆が安堵する。

「王、リュリュ様。今、王花へ向かわれてはいかがでしょうか」

「アタハン、まだ言うか」

「私の目には、今のお二人は出会ったときよりも心を通わせておられるように見えるのです。もし無事結実すれば、すべての憂《うれ》いは消えるでしょう。——いかがですかな、リュリュ様」

オズタークに言えば反対されるとわかっていて、リュリュに尋ねたのだろう。二人の視線にリュリュは躰を強張らせたが、覚悟を決めた。

「わかりました。オズターク、行きましょう」

「しかし……」

「あと三日しかないんでしょう。一日でも大切にしないと……俺……」

自分も術にかかって操られていたのに、それでも尚リュリュを気遣ってくれる誠実な王が消滅してしまうなんて考えられない。絶対に嫌だ。

「行きましょう。王花の元へ。俺、結実するようにちゃんと祈りますから」

「リュリュ……」

リュリュを案ずるオズタークの表情に、うっすらと安堵の色が見える。老司祭の皺だらけの顔にもだ。

リュリュは使命を与えられたような気がして、心強さを覚えた。

「——では、案内いたしましょう」

二人が頷くと、メイドの二人がガウンを肩に掛けてくれた。ルーカスはベッドで寝ているようで姿が見えない。こういうときこそ一緒にいてくれたらいいのに。

そして深夜。

オズタークとリュリュは、老司祭の導きで再び城の地下に咲く大花へと向かった。

＊

少し遅い時刻に目が覚めて、カラフルなフルーツとオートミール風の何かで食事を終えたあと、いつもならば山のような贈り物の箱を一つ一つ開封しては驚く時間になるのだが、今日はメイド二人が皿を下げるとそれっきりだった。

「昨晩は体調を崩されましたので、本日はゆっくり静養されるようにとの王からの伝言です」

メリーが告げ、二人は退室していってしまった。

『今日はお休みだね』と、ルーカスがクッションの上でちょんと座っていた。

「うん……本当は何か予定があったのかな」

『大臣さんたちと一緒に御飯を食べるとかじゃないかなぁ。でもリュリュが早く元気になるほうが大事だよ。だから今日はのんびりしようね！』

「そっか……うん」

ふかふかとしたやわらかなソファに腰掛けながら、リュリュが暗い顔をする。

「……また失敗しちゃったなぁ……」

と、抱き締めたクッションに顔を埋めながら弱音を零した。『ん？』と無邪気な瞳でルーカスがその顔を覗き込んでくる。

「結実の儀式、また失敗しちゃった……花にちゃんとお願いしたんだけど、実がならなかったんだよね……今度は大丈夫な気がしたんだけどさ」

『残念だね。でもまだ時間はあるよ！』

ルーカスは尻尾を立てて励ましてくれるが、リュリュの返事は明るくはなかった。

「うん……でもみんなはそう思っていないみたいだ。司祭さん、酷く慌てていたし。オズタークも凄くがっかりしてた。あんまり表情に出さない人だけど、落ち込んでるってすぐにわかったくらいにだよ。きっと俺のせいだ……」

儀式のあと、皆のあまりの落胆振りを見て何も言えずにいたリュリュは、そのまま部屋へと戻された。別れ際、いつものように「心配するな」とオズタークに言ってほしかったのに、その言葉も貰えず再びベッドへ戻ると、悲しみしか湧いてこなかった。

ルーカスが暢気に寝ていなかったら、きっと夜が明けるまで泣いていたかもしれない。

子猫の無防備な寝相のおかげで、ほんの少しだけ睫毛を湿らせる程度で済んだが、一夜明けても沈んだ気持ちは変わらなかった。

「お互いの気持ちが通じれば、花に実がなるって言われたけど、駄目ってことはまだ通じ合えてないんだよな……」

リュリュからすれば、出会ったときよりも遥かにオズタークを近くに感じられている気がしていた。恐怖も大分消えて、今はリュリュを第一に想ってくれる誠実な優しさがくすぐったいくらいだ。だからこそ、彼の気持ちに応えたいと思うようになってきたのに、なぜだろう。

リュリュはやりきれなさに吐息を零して、ソファに倒れた。

突然の動作に『きゃ！』と驚いたルーカスがリュリュの肩に乗ってくる。

『リュリュ、あんまり悩んじゃ駄目だよ。そうだ！　愉しいことを考えようよ！』

「愉しいことかぁ……愉しいことなんて……」

『リュリュには魔法が使えるでしょ！　みんな魔法使い様が来たって喜んでいたよ！』

「俺は魔法使いなんかじゃないよ。違うって言おうとしたら、ルーカスが邪魔したんじゃないか。おかげで勘違いされたままだ。……こんな指輪まで貰っちゃうし」

左手の薬指にすっかり馴染んでしまった指輪を見ながら、むくれてぼやく。指輪が光らなかった件だってオズタークを失望させてしまったし、リュリュの立場はどんどん悪くなっている気がする。

「ねえ、もしオズタークが消滅してしまったら、俺はどうなるのかな？」

ルーカスは返事をしなかった。肩の上の白猫を見る。

「オズタークがいなくなってしまったら、伴侶の俺はどうなるの？」

返事をしないままルーカスが肩に頰擦りをしてくる。小さな躰で一生懸命、何度も何度も。

元の世界には帰れない。

王の伴侶として呼ばれたリュリュは——。

「俺……俺まで、一緒に……？　一緒に消えて……」

『愉しいことを考えて！　リュリュ！』

じわじわと目を見開いていったリュリュに、ルーカスが大きな声で言った。

『王様と何がしてみたい？　どんなことがしてみたい？　ユナ＝セラは王様とリュリュが創る世界なんだよ！　これからもっともっと素敵な世界にしていくんだよ！　リュリュはどんな世界にしてみたい？』

「どんな世界って……だって儀式に失敗したら、俺も王様と一緒に消えちゃうんでしょ!?」

『消えないよ！』

震えだしたリュリュに、ルーカスが毛を逆立てながら怒った。

『みんなが王様とリュリュを信じてるもの！　ぼくだって、ううん！　ぼくが一番信じてるんだ！　王様とリュリュはちゃんと心が通じ合って、実を付けるんだ。王様と本当の伴侶になるんだもん！』

「そんなこと、わからないじゃないかッ」

『わかるもん！　王様はリュリュを大事にしてくれるもん！』

「それは結実の儀式を成功させたいからだろッ」

『リュリュが大事だからだよ！　ユナ＝セラよりも、リュリュをもっともっと大切に想っているからだよ！　リュリュには伝わっていないの？』

「……っ」

『王様の気持ちがわからないの？　リュリュには伝わらないの……？』

「……だって、そ、……そんなの……」

確証がないじゃないか。――不満を言いかけて、リュリュは言葉を止めた。

「……伝わってるよ」

疑う余地もなく大切にされているとリュリュは思う。自分には過ぎた優しさだと申し訳なくなるほどに、大事にされている。

「だけど俺は同じ気持ちを返せないんだ……優しくされても、……俺……困るだけで……」

親もなく、頼る身寄りもなく孤独に生きてきたからだろうか、リュリュには誰かに甘える方法がよくわからなかった。誰かに頼ったとしても、嗤われたり裏切られたりするばかりだったから余計にだ。

『リュリュ』

りんりん、と首輪の鈴が鳴って、ルーカスが頬擦りをしてきた。涙まじりの険しいリュリュの顔をやわらかな毛がくすぐってくる。

『リュリュ。リューリュ！』

「……なんだよ」

リュリュ、リュリュと、りんりんと鈴を鳴らしながらルーカスが頬擦りする。温かな小さな躰を押しのけることはせず、リュリュはぶっきらぼうに言葉を返した。

『ぼくね。リュリュにいっぱいすりすりしてあげても、リュリュに何かを返してなんて言わないよ。王様もきっとそう。王様はリュリュを大切にしたいから、しているんだよ。だからきっと何かを返そうなんて思わなくていいの。リュリュはこのユナ＝セラでどんなことをしたいのか、それを考えてみて！　愉しいことだよ！』

りん、と小鈴を鳴らして、ルーカスが目を細めた。笑顔のつもりだろうか。

「……君はこんな小さな躰で俺を目一杯励ましてくれるんだね」

優しい子猫。本当に子猫なのかはわからないけれど、リュリュにとっては優しい相棒だ。

「だけど、ルーカスが勝手にすりすりするだけで、俺はしてくれなんて一度も言ったことないからね」

『そうだっけ？』

「そうだよ。――まあ、いいけど」

おどけてみせる子猫に、リュリュは小さく呆れながらもぐちゃぐちゃだった感情が鎮まるのを感じていた。

すべてルーカスのおかげだ。この子猫はリュリュを導いてくれる子なのかもしれない。それならば、お披露目日会で魔法使いと間違われたとき訂正させなかったのも、ルーカスなりに意図があったのだろうか。

改めて訊いてみたくなったが、リュリュはやめた。

ルーカスが王様を信じろと言うなら、リュリュも信じないと。

応援してくれる気持ちに何も返すことができないと落ち込むくらいなら、信じたいという気持ちを信じるに少しずつ変えてみる。リュリュはそう思った。

ルーカスの言う通り、オズタークはリュリュを一番に考えてくれる。

伴侶だから当然なのかもしれないが、リュリュだから大切にしてくれているとしたら——嬉しい。

嬉しい。

なんて、そんな気持ちを抱いてしまった自分が気恥ずかしくなってしまった。

ぎゅう、とクッションを抱き締めながら、リュリュはソファの上で身を丸めて、昨夜のことを思い出していた。

いつの間にか自分まで老司祭に術をかけられていたらしいが、まさか躰に触れられているなんて我に返るまで気付かなかった。

熱の海の中に全身を浸しながら、蕩けるような心地に酔ってうっとりしていた。あのとき乳首の刺激で気付かなかったら、もっと深く触れられていたのだろうか……。そう思うと、鼓動が少し速くなった。

リュリュにセックスの経験はない。慈《いつく》しむように躰に触れられた経験も初めてだ。

皮膚を通してオズタークの体温や吐息の熱を感じたとき、自分と同じ血の通った生き物なんだと妙に感じ入ってしまった。なによりお互いの距離が近づいたような気がしたのだ。

だからこそ再度の儀式に臨むことも承諾《しょうだく》したのに、結局駄目だった。

はあ、と溜め息を零したあとで、再びオズタークを思った。

触れられて嫌じゃなかった。寧ろ幸せな気持ちだった。

誰かに触れられると、こんなふうに思ってしまうのだろうか……。

オズタークだから？

リュリュは愛撫された経験なんてないから、オズターク以外の誰かなんて考えられない。とにかく。オズタークに触れられて嫌じゃなかったのは本当の気持ちだ。素直に嬉しいと思った。

オズタークはどうなのだろう……。

リュリュに触れて、嬉しいとか幸せとか思ってくれただろうか……。

『リュリュ？　どうしたの？』

沈黙していたことを心配したのか、ルーカスが蒼い瞳で覗き込んできた。

「ん、なんでもない。——それにしても退屈だなぁ……部屋からも出られないし……」

『だったら、あれして！　コインがどっちにあるか！　ぼく、今日は絶対に当ててみせるよ！』

「んん……んー……まあ、いいか。よし、じゃあ勝負だ」

漸く声を明るくしたリュリュは起き上がり、ズボンの前ポケットからコインを出した。

＊

五日目の朝もいつも通りの祝いの品尽くしだ。

昨日メイドたちが箱の開封を自粛したからか、祝いの品々がテーブルの上で大きな山を作っている。ユナ＝セラに王の伴侶が来て既に五日が経っているというのに、まだ世界中から祝いの品が届けられるなんて、一体どれほど大きな国なのだろうか。リュリュはまだこの国のことを何も知らない。

知らないまま消滅してしまうかもしれないという不安が胸をよぎったけれど、不思議と怖い気持ちはなかった。この世から自分が消えてしまうかもしれない現実に自暴自棄《じぼうじき》にならずにいられるのは、オズタークとルーカスが心の支えになっているからだろう。

漸く開封作業を終えて、温かな紅茶を淹《い》れてもらった。

今日もこれといった予定はないらしい。きっとオズタークが心配して気を利かせてくれているのだろう。

連日慣れないことばかりだから有り難いと思う反面、彼が周囲に責められやしないかと心配になる。それを確かめる術《すべ》をリュリュは持たないし、豪華すぎる部屋でただじっと時が過ぎていくのを待つのがもどかしく思われるだけだ。

そんな矢先、ルーカスが大騒ぎで部屋に飛び込んできた。

『一大事！　一大事だよ！』

「ルーカス、朝御飯も食べないで今までどこにいたの？」

朝は同じベッドで寝ていたのに、リュリュが着替えている途中、ふわりとどこかへ行ってしまったのだ。

ルーカスは白い子猫の姿をしているが本当の猫ではないようだし、未だ正体不明の生物だ。宙を駆けたり壁をすり抜けたりして、リュリュに言わせればルーカスのほうが余程魔法使いのようだった。

そのルーカスが血相を変えてリュリュの胸に飛び込んできた。興奮しているのか、リュリュが着ているベストの胸の辺りでばりばりと爪研ぎをする。パニックを起こすほど焦っているらしい。

「ねえ、落ち着いてルーカス。一体どうしたの？」

折角ヨンジャが丁寧に縫ってくれた服だし、上等な布なのだから穴でも開いたら大変だ。

『リュリュ、王様を助けてあげて！　王様が大変なの！』

「え!?　ど、どういうこと？」

『王様が虐《いじ》められているの！　王様はすごく頑張っているのに、怒られているの！』

「お、怒られているって……オズタークが？　まさか……だって王様だよ？　この国で一番偉い人なんだからそんなこと」

『本当だもん！』

困ったように言うリュリュに、ルーカスが怒った。

『リュリュ、王様を助けてあげて！　お願い！』

涙に潤む瞳で訴えるルーカスが、必死に頬擦りをしてくる。ベストが涙で少し濡れてしまうほどで、この子は本当にオズタークが大好きなんだと実感する。

「落ち着いてよ、ルーカス。君が焦っていたら何もはじまらないだろう」

『助けてくれる⁉』

「勿論だよ。だってオズタークは俺の味方だろう？　俺だって、王様がピンチのときは助けに行かなくちゃ」

『リュリュ！　リュリュ、大好き！』

ぱっと笑顔になって、ルーカスが尻尾を波打たせながら全身を擦りつけてきた。これが嬉しいときのサインなんだと、リュリュも学んでいる。その小さな躰を撫でてやり、ルーカスが落ち着くのを待った。

「――それで俺はどうすればいい？」

『ぼくが王様のいる所まで連れて行ってあげる！』

途端にルーカスが扉へと駆けていく。外にはおそらく警備の兵士がいるだろう。理由を話したら出してもらえるのだろうか……。

ダメ元で扉を開けてみたが、話を聞いてくれる様子もなく「部屋の外は危険です」と、閉められてしまった。

「……駄目だよ。きっとオズタークの許可がないと出してもらえない……」

『じゃあ、こっち！』

軽やかにルーカスが駆けていったのは窓だ。「え!?」とリュリュは眼を丸くしてたじろいだ。

「そっ、そこから!?　結構な高さがあるよ！」

『迷っている時間はないの！　さあ、早く！』

「〜〜〜っ」

ルーカスは宙を飛べるからいいが、リュリュにはそれができない。

王城にあるこの部屋は何階なのか知らないが結構な高さがある。それにベランダもないから、出るなんて無理だ。しかし早く！　早く！　とルーカスに急かされて渋々窓を開けると、ひょう、とか細い風の音がした。

リュリュは思わず下を見てしまい、恐怖で腹がきゅうっとへこんだ。

「……これ五階以上の高さがあるよ……？　下のほう、崖になってない？」

『早く！　リュリュの臆病者！』

「だ、だって…っ。ルーカスは飛べるからいいけど、俺は落ちたら終わりなんだよ！」

『落ちないもん！』

「そんな確証ないだろ！」

『落ちないもん！　落ちないから早く！』

「〜〜〜！」

それは魔法的な意味でなのか、安全面でのことなのか、一体どちらだろうか。

訊いても、臆病者！　と怒られるばかりで明確な答えが返ってこない。窓の外は崖だ。小高い丘の上に立つ城のようで、鬱蒼《うっそう》と茂る木々が遠くに見える。それが風に枝を揺らしているのも。とにかく、落ちたら痛そうだということは間違いない。

窓に脚をかけると、途端に、ひょう…！　と、また風が頬を撫でていき、脚を掬われそうになってリュリュをビクつかせた。

まさかこんなところで人生最大のピンチを迎えるなんて思わなかった。泣きべそをかきながら呻いて、それでもなんとか窓枠に脚をかけて、外へと出る。

窓枠のすぐ下には、脱走におあつらえ向きの出っ張りがあった。外壁の装飾なのか、作業をするためのものなのか、はたまたリュリュと同じように誰かがこっそりと脱出するためのものなのか、丁度靴の長さ分の幅がある。

ルーカスに言われるまま、石の外壁の出っ張りを慎重に掴みながらじりじりと壁伝いに移動していく。途中風の吹く音がしたが、不思議と煽られることはなく、危険な場所を歩いているにしては随分とスムーズに進んでいる。

「ねえ、これってオズタークの魔力で守られていたりするの？」

『当然だよ！　リュリュは王様の伴侶なんだよ。守られているに決まっているじゃないか』

「そうなんだ……じゃあ、飛べちゃったりするの？」

『落ちたら助からないよ！』

「そっ、それもっと早く言ってよ！」

『言ったら付いてこないでしょう！　さあ、あの窓枠まで頑張って！　あの窓は鍵が開いているから、そこから入ろう！』

ずりずりと壁に躰を擦りながら、慎重に慎重に。でも早く早くと相棒に急かされ、どうにかゴールの窓枠に手をかけた。

ルーカスの言う通り、確かに窓の鍵は開いていた。そっと開け、爪先立ちで室内を覗いてみると、今は無人だが、どうやらメイドたちの控え室のようだ。メイド二人が運んでくるワゴンがこの部屋の隅に並べられている。棚にグラスや水差しが綺麗に収まっているところを見ると、間違いないだろう。

慎重に窓枠を跨いで中へ入ると、ルーカスがそわそわしながらリュリュの周りを飛び跳ねた。

『あのドアをそっと開けてみて。気付かれないように』

「そこにオズタークがいるの？」

うん。と、頷いたルーカスが扉の前まで駆けていく。

隣部屋へと続く扉だろう。ワゴンだけを通せるように、扉が上下に分かれて開くようになっている。下の扉に耳を付けてみると、大勢の声がしていた。

「ここってなんの部屋なの？」

リュリュは小さな声でルーカスに尋ねた。

『知らない。でも偉い人たちが集まっている部屋なんだ。きっと話し合いをする所だよ』

「偉い人ってことは、会議室かな……？」

政治なんて自分の生まれ育った国のことでさえよくわからないのに、来たばかりの国のことなど知るよしもない。しかし扉の向こうから聞こえてくるのは、怒声でこそないが責めるような響きがある声だった。

意を決して、そっと扉を少しだけ開く。

「……会議場、みたいだ」

二日前のお披露目会で見た、華美で豪奢な大広間よりも幾分狭い部屋だ。

重厚な柱が等間隔に並ぶ部屋は、教会のような厳《おごそ》かな雰囲気があり、壁は書棚や絵画に埋め尽くされていた。

そして部屋の中央には大きな机がでんと置かれ、取り囲むように様々な姿をした者たちが顔を揃えている。その視線の先には見慣れた黒髪のオズタークがいて、遠目にも険しい表情であることがわかった。

『王よ、このようなことは異例ですぞ！　民に知られれば不安が広がってしまうでしょう』

老いた男性の声だ。リュリュは肩の上で毛を逆立てているルーカスを見る。

『いや、もう既に民からは不安の声が上がっています。王と伴侶は不仲なのではという下らぬ噂《うわさ》も出はじめております』

「……これ、何してるの？」

『王様を虐めてるんだ！』

シャーッと、小さな牙を剝《む》いてルーカスが威嚇《いかく》している。

余程腹を立てているのだろう。実際に、さきほど少し聞こえてきた言葉だけでも、オズタークを糾《きゅう》弾《だん》するようなものばかりでリュリュもむかむかしている。伴侶が聞いているとは知らない彼らは、次々と王に対する不満の声を上げている。

『民に不安が広がれば王も信頼を失います。婚礼まで、なんとしてでも予定通りに行わねばなりません。それが民の信頼に繋がるのです』

『だが伴侶は見知らぬ世界に来たばかりでまだ慣れないでいるのだ。疲れ切っている躰に無理をさせるわけにはいかない。民は大事だ。しかし私は伴侶を守りたい。私が守らねば、回り回っていずれ民を苦しめることになる』

オズタークの声だ。リュリュのことを話しているとわかって、どきりとした。

『それこそ不甲斐ない！　歴代の王はもっと毅然としておられましたぞ。堂々となされませ！』

その通り！　と、次々と声がする。リュリュは険しい顔になって眉を顰めた。

『そもそも伴侶が体調を崩すなど、今までに例がありません。つまりは王の魔力の加護が弱まっているということが明白』

「……俺のことで責められているの？」

文句があるならオズタークではなく、リュリュに直接言えばいいのに、わざわざ寄ってたかって彼を批難するとは。

『ただでさえ繁殖期間中は王の魔力が不安定になっているところに、伴侶にまで害が及ぶとなれば、これは大問題ですぞ』

『城でも魔物が増えてきたと聞きます。これでは王としての資質が問われましょう。もっとしっかりされねば』

『わかっている』

　オズタークの声が苛立ちを帯びる。

『そうだ。何もかも私が悪いのだ。民どころか、城の者たちや大臣のお前たちまで不安にさせているのだ。……それもすべて私が王として未熟だからだ』

「――……ッ」

　違う。

違う。違う。違う。違う！　――違う！

込み上げてくるもどかしさと憤《いきどお》りに耐えきれず、リュリュは乱暴に扉を大きく開いた。

ばん！　と、大きな音を立ててしまい、場内の人々の視線が一斉にリュリュへ集中した。彼らを仁王立ちで見返しながら、リュリュはぐっと拳を握り締める。

「――リュリュ…ッ」

オズタークの声だ。

彼の驚く声をきっかけに、皆がそれぞれ顔を見合わせながらざわつきだす。

口を開いたリュリュは、しかし様々な感情に喉を詰まらせて、小さく呻いただけだった。

『リュリュ!?』

ルーカスが心配している。わかっている。王を不甲斐ないと決めつけている皆に、ガツンと言ってやらないと。――そうだ。じっとしていたって駄目だ。そう自分に言い聞かせると、更にぐっと拳を握り、今度こそリュリュは声を張り上げていた。

「オズタークは未熟なんかじゃない！」

わっと、大声を出した途端に胸を詰まらせていた様々な感情が、すっと抜けていった。最後の最後に残ったのは、彼を非難されて悔しいという気持ち。

「未熟なのは俺のほうだ。俺が不甲斐ないばかりに、オズタークを困らせているだけなんだ。それなのに彼ばかりを責めないでよ！　責めるなら、寧ろ俺だろう!?　俺がッ」

「リュリュ、やめろ。彼らを怒るな」

席を離れ、オズタークがリュリュの元へ来た。

「だって！　皆、オズタークが悪いと一方的に決めつけて、聞く耳持たないじゃないか！　それに、どうしてオズタークだけが責められるの？　あなたの伴侶なら、俺だってここにいなくちゃ駄目でしょう！　俺のいないところでオズタークばかりを責めるなんて酷いよ！」

「リュリュ、どうか落ち着いてくれ。……落ち着くんだ」

穏やかな声でオズタークに言われ、胸の中に優しく抱き締められた。まだまだ言い足りなくて腕の中で藻掻いたが、オズタークは抱き締めたきりリュリュを離そうとしない。

「オズタークももっと言い返してよ！」

「リュリュ」

赤ん坊をあやすように、ぽんぽん、と背中を軽く叩かれると急に涙が込み上げてくる。

子供扱いされているのだろうか。抱き締める腕が優しすぎて、怒りももどかしさも急速に消えていってしまう。でも、やっぱり悔しくて、リュリュは彼の胸の中でくすんと鼻を啜った。

「……オズタークは何も悪くないよ。悪いのは俺だもん……俺が……駄目だから……」

「そんなことはない」

「あるよ。実もならないし、指輪も光らない。熱が出たのも、オズタークのせいじゃない。知らない世界に来て、気持ちがいっぱいいっぱいで……だから……オズタークは何も悪くないんだ。あの人たちにそうだと言って。全部俺が原因だって、言ってやってよ」

「お前ばかりが原因ではない」

抱擁《ほうよう》を解いて、オズタークがぐすぐすと鼻を啜るリュリュの顔を間近で見た。

泣くつもりなんてなかったのに、つい感情が込み上げてきてしまった。リュリュが涙を拭おうとすると、彼が先に大きな手で濡れた睫毛を撫でてきた。

「――さあ、まずはここへ。落ち着こう。彼らも疲れている頃だろうし、少し休憩するとしよう」

誰かがベルを鳴らすと、メイドたちが紅茶のセットを持ってきた。オズタークとリュリュは別室へと移り、ソファセットに腰を下ろすと、すぐにテーブルに温かな紅茶と焼き菓子が置かれた。

「……ごめんなさい。泣くつもりなんてなかったんだけど……つい込み上げてきちゃって……」

「心配をかけてしまったな。さあ、茶が冷めないうちに」

カップを受け取り一口。元の世界の、懐かしい味がする。ぬくもりに心が落ち着くのを感じていると、ルーカスがそっと膝の上に乗ってきた。

ルーカスまで傷ついた顔をしている。悲しそうに丸めた小さな躰を撫でてあげたいけれど、今はオズタークに気付かれてしまうから、慰めることもできない。

カップをテーブルに戻し、リュリュはオズタークを見た。視線がかち合った途端に、オズタークが睫毛を伏せる。

「リュリュ、私にはまだお前に言っていないことがあるのだ」

オズタークは言った。

「……言ってないこと？　それは、なんですか……？」

リュリュはオズタークをじっと見つめながら小首を傾げた。

「繁殖期に入り、魔力が不安定だと皆は言うが、そうではない。――私は元々、魔力が不安定なのだ。……こうなる前から私は不出来な王なのだ」

「不出来って、そんな……。だって、空に星や月を作れるって言ったでしょう。そんなこと簡単にできることじゃない。オズタークは不出来なんかじゃないよ」

「星や月を作ることはできる。……だが、すぐに消えてしまうかもしれない。安定させることができないのだ。その時間が長ければ長いほど、私には難しくなってしまう。そこへきて、繁殖期に入り不安定な状態が一層酷くなってしまった」

「……だからアタハンも、さっきの人たちもオズタークを責めるの？」

「お前にはそう聞こえてしまうのかもしれないが、皆心配しているのだ。一日でも早く結実の儀式を成功させなければ、魔力が一層不安定になると恐れている。それに加えて、私が婚姻の儀式の準備を止めてしまったからな、皆不満に思って当然だ」

「でも俺を心配して、そうしてくれたんでしょう……？」

　オズタークは静かに頷いた。

「そもそも結実の儀式を成功させていないというのに、婚姻の儀式をするのはおかしいだろう。準備もそうだ。お前を追い込んでいるような気がしてな。それは私の本意ではない。はじめに言ったはずだ。私はお前を決して不安にさせないと」

「……うん」

　あのときは半信半疑だったけれど、今は彼の誠実さを理解している。

　だから余計に悲しいのかもしれない。オズターク自身も弱さを抱えていたのに、リュリュを守るために懸命になっていた。そのことを知らないまま、今日までずっと自分ばかりが被害者みたいな気持ちでいたなんて恥ずかしい。自分だけが不幸だと、そう思っていた。

「オズタークは約束を守ってくれてるよ。俺が不安にならないように、ずっと味方になってくれているもの」

「ありがとう、リュリュ。そう言ってくれると私も安心だ。――実際はあまり巧《うま》くいかず、こうしてお前に心配させてしまったがな……泣かせてしまったことを申し訳なく思う」

「俺……」

泣いてしまったのは感情が昂ってしまったせいだ。そんなことで申し訳ないと思ったりして落ち込まないでほしいし、リュリュだってオズタークを不安にさせたくない。

「俺、ユナ＝セラへ来て慣れないことばっかりだけど、でも今はオズタークの助けになりたいと思っているよ。がっかりさせたくないし、落ち込んでほしくもない。どうやったら期待に応えられるんだろうって、ずっと悩んでる……だけどそのことでオズタークに傷ついてほしくないんだ」

「リュリュ……」

ふいに抱き締められて、オズタークが喜んでくれていると知り、じんわりと頬が熱くなった。

「ああ、リュリュ……リュリュ……お前の優しさは、私にもしかと伝わっている」

「……ぅ、……うん」

気恥ずかしくて、なんだか落ち着かない。リュリュは今度こそ頬を赤らめてしまった。

自分がマジックをしていないとき、こんなふうに喜んでくれた人が今までいただろうか……。

　オズタークの胸の中で考えても思い出せず、こうしてオズタークに抱き締められていることが不思議で、くすぐったく感じられた。

　それから間もなくオズタークはゆっくりと抱擁を解いていった。

「護衛に部屋まで送らせよう。まだ会議中だ」

「だったら一緒にいます。またさっきの人たちに色々言われるんでしょう？」

「大臣たちだ。王に意見するのは彼らの仕事だからな」

「だったら王様にも一人くらい味方がいないと」

「そうか。それは心強い。――そうだな。伴侶の中にも過去に政治に関わった者がいると聞く」

「俺がそこまで関われるとは思えないけど……」

「いてくれるだけで心強い。少なくとも、この期間中はな」

「うん」と、小さく頷いたリュリュは、王とともに再び会議場へと戻った。二人の姿を見るなり、大臣たちが一斉に立ち上がった。

「王よ。提案がございます」

　会議場にいる者たちの中でも最長老と見られる白髭の老人が声を上げた。

「我らには王と伴侶の心が通じ合っているように見えております。いかがかな、これから儀式に臨まれるというのは」

「うっ」と、リュリュは思わず声を洩らして、咄嗟に手で口を押さえた。

これはデジャヴュだ。二日前に体験したあれではないか。

「しかし……」

当然オズタークも忘れているはずがなく、言葉を濁している。

「二日前にも儀式に臨まれて失敗していることは司祭より報告を受けております。しかし、それで臆《おく》するのは過ちかと」

「幾度とて挑めるのですから、躊躇わずに行うべきです。日はありませんぞ」

オズタークとリュリュがいない間に、彼らの中で話し合いがなされ、そう結論づけたのだろう。皆が一斉に頷いて、二人をけしかける。もしまた失敗したら——そう思うと、リュリュの表情は険しくなった。

こんなときルーカスなら『やってみようよ！』なんて、一番に声を上げそうなものだが、白い子猫はリュリュの肩の上にちょこんと座って、髭を下げている。リュリュがちらりと見ても視線を合わそうともしないで、大きくあくびをした。

相棒は当てにならず、大勢の期待に満ちた視線が痛い。

「リュリュ、挑んでくれるか……？」

オズタークが心配そうに尋ねた。彼も不安に思っているのだ。申し訳なさそうなその顔を見上げて頷くと、安堵したようだ。

「……でもまた失敗したら」

「失敗は考えるな。時が訪れればきっと」

「……うん」

時が。――それはいつのことなのだろう。

儀式を前にすると、リュリュは途端に不安になる。ポジティブに考えようとしても、いいイメージが何も浮かばない。

「ではユナ＝セラの前へお連れします」

大臣たちが一斉に席を立った。まさかこの大所帯で行く気なのだろうか。そう思ってリュリュは怯《ひる》む。

これで失敗したら余計に気が重いではないか。リュリュが溜め息を落とすと、オズタークが背中を撫でてきた。

「不安になるな。私がいる」

「はい……」

不安になるなと言われても無理だ。また失敗したら、本当にオズタークは消滅してしまうかもしれないのだ。すっかり恐怖心が染みついてしまっているせいか、胸のざわつきは一向に治まる兆《きざ》しがなかった。

大臣たちに案内され、再び地下へと下りる。

地下へと続く鉄扉の前では、兵士が常に待機している。彼らにうやうやしく頭を下げられながら、オズタークとリュリュ、それに会議場からついてきた大臣たちは石の冷たい階段を下りる。既に池の周りには松明に火が灯されて、王と伴侶を待っているようだった。

池の中央にある小島で、国と同じ名を持つ白い巨花が淡く輝いていた。

初めて訪れたときは恐怖しか覚えなかった場所だ。今回で三度目だが、巨大な花を見ると緊張で背筋が強張る。

あの花が枯れたら、オズタークは消滅してしまう。つまりは死んでしまうということなのだが、あまりにも実感がなさすぎて、リュリュにできるのは白い巨花を見上げることだけだ。

七日間と限られた期間しか咲かない花は、どんな気持ちで祈ったら実を付けてくれるのだろうか。

「リュリュ、手を」

オズタークが手を差し伸べ、リュリュが応じて手を取った。二人で池に入り、王花へと近づいていく。

何度見ても大きな花だ。植物のはずだが、塔にも見えてくる。それほど大きな存在感を放つ王花の前に立ち、二人はその茎に手を触れた。

つるりとした表面は産毛《うぶげ》もなく、陶器のようにひやりとした感触だ。本当に植物なのかと疑いたくなるほど無機質なのに、満開の白花は美しい。

実を付けたら、さぞかし大きいのだろう。果たしてそれを見ることが叶うのか、どうか。

オズタークとリュリュは花を一瞬だけ見上げると、俯いてそっと目蓋を閉じた。

――どうか結実して、無事に儀式が成功しますように。

リュリュは繰り返し繰り返し切に祈り、そっと目蓋を開けた。オズタークは既に顔を起こして、花を見上げている。リュリュも花を見た。対岸では大臣たちも固唾《かたず》を呑んでいることだろう。

二人は茎に手を触れながら、じっと花を凝視した。重たく息苦しい沈黙が流れていく。結実とは、目に見えて変化があるものなのだろうか。オズタークの横顔をちらりと見て、リュリュは唇を噛み締めた。

「……オズターク」

リュリュが震える声を零すと、オズタークはゆっくりと顔を伏せていった。

下ろした睫毛の下で蒼眼が揺れている。はじめは怖そうだったその人の優しさを知り、弱さを知り、そして今まさに彼の中にある不安に気付いてしまった。

それがリュリュのせいだという事実に胸が締め付けられ、涙が込み上げてくる。

「――っ」

どうして、どうして、どうして？

リュリュは王花に問いかけた。

どうして、なぜ結実してくれないのか。

オズタークは何も悪くない。だとするならば、原因はリュリュだろう。その原因とはなんだ。なんなのか。教えてほしい。

あまりの緊張に耐えきれず、とうとうわ…っ、と声を上げてリュリュが泣きだした。

「泣かないでくれ。大丈夫だから。きっと、必ず結実する」

「だけど…っ。全部俺が悪いんだっ。俺がいつも失敗ばかりするから、だからオズタークまで巻き込んでしまうんだ……ッ」

「違う。お前だけが悪いなんてことはない。ユナ＝セラは——王花はきっと我らを見て、時期尚早と判断しているのだ。片一方が悪いなどと、そんな不公平があるならばお前がここへ招かれてきたはずがないのだ」

「だって…ッ。だってそうとでも考えなきゃ、結実しないなんておかしいじゃないかッ」

落ち着け。と、オズタークに優しく言われて、悔しさに唇を噛み締める。

「王花は我らが未熟だと判断したのだろう。どんなことであれ、それが事実なのだ」

泣いて取り乱すリュリュを、オズタークは宥めるように穏やかな口調で語りかけながら、しかし抱き締める腕は強かった。当然だ。彼だって悲しんでいるし、憤っているはずだ。

それでもリュリュを慰めようとしてくれる彼の誠実さに、涙が零れてしまう。

「俺、オズタークの力になりたいよ。来たときは怖かったけれど、でもそうじゃないってオズタークは教えてくれた。俺のことなんにも知らないのに信じてくれて、ずっと守ってくれてる。俺だって、

「……俺だって気持ちに応えたいよ……なのに…………」

ぐすぐすと鼻を啜って、リュリュはオズタークの胸の中で込み上げてくる嗚咽を噛み殺した。

「……何が悪いの？　今までは簡単にできたんでしょう？　それなのに、俺たちだけどうしてこんなに失敗するの……？　俺たちばっかり……！」

「リュリュ……」

彼は困った様子だった。困らせるつもりなんてないけれど、何もわからない以上苛立ちばかりが募っていくのだ。

「もう日がないんだよ!?　今日失敗したらあと二日しかないんだ！　成功しなかったら、オズタークは消滅しちゃうんでしょう!?　なんで？　俺、一生懸命祈っているのに……！」

「……知っていたのか」

オズタークは吐息まじりに言った。

「不安にさせまいと黙っていたが……そうか、誰かから聞いたのだな……」

ルーカスからとは言えず、リュリュは黙ったままで小さく頷いた。

「すまない。私だけならばまだしも、お前まで巻き込んでしまうことになる。……せめて元の世界に帰せればいいのだが。王とはいえ、それはできない」

「ううん。そんなことといいんだ。今は俺……いろんなことが悔しくて、成し遂げられない自分が嫌になる」

せめて誰かの助けになりたいという望みすら、叶えることができないほどに自分は無力なのかと、リュリュは悲しくてたまらないのだ。

「指輪も光らない。また実もならなかった。何もかも駄目だ。……俺、なんにもオズタークの役に立ってないよ。それが悔しくてたまらないんだ」

　自分が選ばれて喚《よ》ばれたなんて大層なことは思いたくないけれど、リュリュがユナ＝セラへ来たことにはきっと意味があるはずだと信じたい。それなのに淡い希望さえ砕かれてしまっては、なんのために喚ばれたのだろうか……。そう思ってリュリュは酷く落ち込んだ。

「……これじゃあ、みんなに責められるのは当然か。仕方がないよね……」

　王様なのだから臣下たちには堂々と反論してほしい。だけどこの現状を見たら、皆が非難するのも当然だろう。悔しいけれど二人の未熟さを痛切に感じてしまった。

「また失敗したが、皆が儀式を勧めるほどに、我らは心を通わせているのだと思っている。それだけでも前進したとは思わないか？」

「だって……オズタークのご両親はすぐに成功させたんだよ。失敗が続いているのは俺たちばかりだ」

「確かにそうだが。しかし我らは我らだ。前王らとは違う。我らには我らの順序があるのだ」

「……そうかもしれないけど」

「事実失敗続きだ。皆を落胆させてばかりいる。私とて連日のようにアタハンから小言《こごと》を貰ってばかりだ。王になって日も浅い上に、こんなことは初めてで気落ちもする。実際私には魔力が不安定だという欠点があるから、余計にな」

うん。と、弱々しく頷くリュリュの目の下をオズタークが優しく拭った。涙で濡れているそこを撫でて、横髪を梳かれると、なんだかこそばゆくて頬が少しだけ熱くなるのを感じた。

どぎまぎするリュリュを蒼く穏やかな瞳が見つめてくる。そこにはさきほどの不安の色はなく、リュリュを気遣う優しさだけがある。

オズタークはまたリュリュを一番に想ってくれているのだ。自分のことを二の次にして。

「だが少しずつ、少しずつ我らの気持ちは近付いているように感じられるのだ。――リュリュもそう思ってくれているならば喜ばしいことだ」

「……感じてるよ。言ったでしょ。怖いと思わなくなったって」

「うむ。早々に角を消して正解だった」

「あれはっ……」

彼なりのジョークのつもりだろうか。リュリュは少し焦った。

「まあ、うん。確かに悪魔かと思ったくらいだから怖かったけど、今なら角を見てもきっと平気だよ。ちゃんと心の距離が縮まっているって思うよ……思うから、だから余計に……」

「そう思えたことが今は収穫だと考えよう。我らには我らなりの、心の育《はぐく》み方がある」

「……オズターク」

やっぱり、彼は大人だ。

へこんでばかりいるリュリュをこうして前向きにしてくれる。今日も半分が過ぎて、あと二日しかないのに。そんな限られた時間の終焉が迫ってきていても、リュリュの支えになってくれるのだ。

「……俺、……成功させたいよ。本当だよ」

「ああ、わかっている。お前の一生懸命な気持ちが王花に伝わっていないはずがない。私はそれをとても誇りに思う」

「……誇りに思われたって、なんの成果も上げてないよ」

「リュリュ」

拗ねた途端に優しく窘められた。

「ごめん……。落ち込むとずっと引きずってしまう。これ、俺の悪い癖《くせ》なんだ。……ああ、そうだよ。ずっとそうだったから」

小さく吐息を零して、リュリュは苦笑した。

オズタークを見上げながらリュリュは言う。

「まだ、時間はあるよね」

「もう時間がないんじゃなくて、まだあるよね」

「ああ、勿論だ。王花が枯れるその直前まで、私はお前との結実を願う」

「うん……俺も。俺も何度だってお願いする」

リュリュは固く誓って、強く頷いた。

「負けそうになるけど、諦めない。心が折れそうになるけど、でも耐えるよ。王花が枯れるその直前まで」

「私もだ。結実を諦めなどしない。私はユナ＝セラの王だ。この国を、お前を諦めたりしない」

「うん……うん」

「私はこの国の王で、お前は唯一無二の伴侶だ。堂々としていよう」

「うん」

　さっきは悲しくて悔しくて涙が込み上げてきたのに、今はオズタークの優しさが温かくて、目尻が濡れていくのがわかった。そっと涙を拭っていると、目の前に白い花が差し出された。

　巨大な王花と同じ花だ。水仙のような三センチほどの白い花は、細やかな光を放っていた。

「……これは？　王花と同じ花？」

　しかしあの巨花と比べたら随分と小さい。

「これもユナ＝セラという。この国の花だ。民はこの花を愛している。私もだ。慎ましくも美しいこの花を、どうか受け取ってほしい」

「……俺に……うん」

　リュリュが手を伸ばすと、その手には渡さずにオズタークが右の耳の上に挿してきた。また気恥ずかしくなってきて、曖昧な表情で肩を竦める。

「どうして、この花を？」

「以前、お前の世界の花を作っただろう。あのときは、この世界へ訪れて間もないお前の心が少しでも癒えればと思い作ったが、やはり所詮は真似事なのだ。だがこの花は違う。この世界の花だ。喩え魔力によって形作られた花だとしても、この世界のものなのだ」

リュリュが頷くたび、優しい香りがほのかに感じられた。食事会のあとテラスで感じたのは、花の香りだったのだ。この世界の花の香り。

「元の世界も恋しいだろう。だがお前にはこの世界の花も愛してほしい。国と同じ名を持つユナ＝セラを愛してくれれば、王花が応えてくれるかもしれない」

「うん」

「ありがとう、オズターク。この花、可憐な香りがするよ。凄く素敵だと思う」

「良かった。私がいないときに気持ちが落ち込んだならば、この花を見て心を癒やしてほしい」

オズタークの優しさが心に染みる。ああ、なぜ王花は応えてくれないのだろう。

「ありがとう、オズターク」

「ユナ＝セラにも美しいものはたくさんある。お前にもそのすべてを見せてやりたい。――いや、必ず見せよう」

「うん」

見たい。

時間が許されるならば、まだほんの少ししか知らぬユナ＝セラという世界を隅々まで見てみたい。

リュリュは大きく頷くと、重く息苦しい不安感が消えていることに気が付いた。

すべてオズタークのおかげだ。優しさが嬉しい。

こんなにも癒やされる人に出会ったのは初めてだ。貰った分の優しさを返したいのに、リュリュには返せない。返す術がわからない。

だからこそ、王花の結実を成功させたいのに——国の名を持つ巨花は一向に実を付ける兆しを見せなかった。


——夜、床につくと、ルーカスがどこからか現れて、リュリュの腹の上で大あくびをした。

「ルーカス、今までどこに行ってたの？　会議場から出たときに姿を消して、それっきりだったじゃないか」

『だって怖そうな人ばっかりなんだもん。王様やリュリュがまた怒られる姿を見たくなかったし』

「怒られなかったよ、別に」

半身を起こすと、ルーカスがころんと転がって脚の間に挟まった。もぞもぞと躰を捻《ひね》り体勢を変えている。漸く落ち着いて、小さな香箱《こうばこ》のように座った。

「怒られなかったけど、がっかりはさせたみたいだ」

小さな吐息を零して、サイドチェストに飾られた花をリュリュは眺めた。

「でもオズタークとは、また少しだけ気持ちが近付いた気がしたんだ。結局王花は実を付けなかったんだけど。……なんでだろうな……俺が気に入らないのかな」

『そんなはずはないよ。言ったでしょ。ユナ＝セラが伴侶を選ぶって。リュリュはちゃんと選ばれてやって来たんだよ』

「うん。でもさ……でも……」

そうだとしても、王花は実を付けない。

何度やっても儀式は失敗してしまうのだ。嫌われているかもしれないと疑っても、それは仕方がないことだろう。

「あー駄目だ駄目だ。落ち込んだらこの花を見て癒やされろって、オズタークに言われたんだ。この国に咲く花なんだろう？」

サイドチェストの花を眺めながらリュリュがそう言うと、興味津々な様子でルーカスが耳を立てた。

『王様に？　優しいねぇ』

ルーカスが途端に嬉しそうにして、尻尾をくねらせた。

「うん。きっと、俺のことをずっと心配してくれているんだろうな……。だって俺、すぐに落ち込むし、諦めちゃうし、愚痴も出ちゃうしさ……暗いよね。自分でも嫌になることばっかりだし」

『それでも王様はリュリュがいいんだよ。だってリュリュが伴侶だもの。逢えてとても嬉しいんだ』

「ルーカスも？」

『勿論ぼくだって！』

言った途端に、くわ、と小さな口が大きく開いて、酷く眠そうだ。

「ありがとう、ルーカス」

リュリュが苦笑しながら頭を撫でてやると、ルーカスはもぞもぞと眠たげにしながらもリュリュの腹まで上ってきた。

大きなベッドだから隣で寝ればいいのに、なぜだかリュリュの腹か胸の上がいいらしい。仕方なく再び横になってやると、ルーカスは安堵した様子で胸の上で丸くなった。

静かになった部屋でリュリュは再び白い花を眺める。

「国と同じ名前の花か……」

王様より頂いた花。

五日前の自分なら、恐れ多くてそわそわしていただろうなと、微笑した。

少なくともこの五日間でリュリュはオズタークと距離を縮めて、少しずつだけど城での生活にも慣れてきた。同じ顔のメイドたちも老司祭も大臣たちも、皆が王を慕っていることも十分に実感している。

「みんな、王様が好きなんだ……」

だから心配するし、強引にもなるし、強い口調にもなってしまう。それは皆が、王様を愛しているからだ。

「俺は……」

オズタークを慕う気持ちは皆と一緒だ。日が浅いから皆より劣るとか、慕う気持ちに差が出たりすることはないだろう。

あんなに優しくて穏やかな人に出会ったことはない。リュリュにとっては、きっと一生に一度会えるかどうか、それくらい素敵な人だと思う。

その気持ちに嘘はないのに、なぜ王花は結実してくれないのだろうか……。

リュリュはそっと目を閉じて、小さな獣の躰を撫でた。

『ん～～』と、撫でられた途端にルーカスが可愛らしい声を出した。起こしてしまったかなと、心配していると、むにゃむにゃと口を動かしながらまた眠ってしまった。この子が何者かは知らないけれど、可愛さに癒やされる。

「あと二日かぁ……」

この子とも、あと二日しか一緒にいられないかもしれない。

もし本当にオズタークとともに消滅することになっても、最後の最後までやれることはやろう。

「祈るだけじゃ駄目なのかな……」

まだ心を通わせ切れていないのかもしれない。

「もっと……オズタークを……知らないと」

彼をたくさん知って、自分をもっともっと知ってもらって、それから……。

んん…っ、とリュリュは呻いて、大きく溜め息を吐いた。

頭の中はオズタークのことでいっぱいだ。

ぱっと見は気難しい印象で怖そうだけど、その声は穏やかだし眼差しも優しい。

最初は怖くてまじまじと見られなかった容貌とて、よく見れば鼻筋の通った知性的な顔立ちをしていると気が付いた。男の目から見ても、かっこいい…と焦《こ》がれてしまうような、誠実な色気がある。

身長が二メートルくらいあるせいか、百六十センチちょっとのリュリュから見ると威圧感が凄《すさ》まじいのだが、それをカバーするほどの包容力を持っている。

堂々たる風格と、皆から慕われる誠実さ。――それがユナ＝セラの王なのだ。

今なら彼の魅力がよくわかる。

そんな王ですら心に弱い部分があることも知った。それを払い除《の》けようと足掻いていることも。

オズタークは素晴らしい人だ。消滅させるなんて、絶対にしちゃいけない。

(わかってる)

リュリュは胸の内で強く思った。

「でも……でもどうやって……」

それなのだ。結局わからないまま、もうじき六日目の朝が来てしまう。

「今のままでは駄目なのかもしれない。もっと違うこと……もっと心を通わせるようなこと……」

子猫の寝息を聞きながら、ぶつぶつと独り言を零していたリュリュは、ふいにあの出来事を思い出してしまい、背筋を強張らせた。

老司祭アタハンの術にかかり二人が同衾《どうきん》してしまったことは、性的な経験のないリュリュにとってかなりのショックだった。あのときのことを思い出すと、オズタークの手の感触が胸の辺りに蘇《よみがえ》ってぞくぞくしてくる。

ほう、とたまらず気怠《けだる》い溜め息が零れてしまい、部屋には自分と眠っているルーカス以外は誰もいないというのに、恥ずかしさを隠すように手で顔を覆った。

オズタークの手は全身を撫でられているように大きく感じられた。

渇いたその感触がリュリュの肌をすべるたびに火を灯していき、躰がしっとりと汗ばむのを感じた。更にオズタークの吐息が、微かに湿った肌を熔かすように撫でていく。

ああ、駄目。——と、リュリュは浅ましい記憶に流されそうになるのを、懸命に耐えた。けれど脳裏に刻まれた甘い記憶と、肌に焼き付いた愛撫の記憶はそう簡単に落とせそうにない。

「はあ……」と、息を吐いて、顔を覆っていた手を左右に大きく開いた。

「心を通わせるんだよ。……そういうんじゃないって……」

照れ隠しにぼやいて、淫《みだ》らな妄想に躰が火照《ほて》りそうになってしまった自分を戒める。

「……でも嫌じゃなかったんだよな……」

オズタークを一番近くに感じられたのも、あの瞬間だったような気がする。誠実で真摯《しんし》な彼ではなく、もっと自身を曝《さら》け出してくれたような——そんな距離感だったような。

「だからっ、もう！」

今だったら恥ずかしさに顔が燃えてしまうかも。それくらいに思い出すたび顔が熱くなる。

忘れろ忘れろ！　と、強く自分に言い聞かせてリュリュは短く息を切った。

「そうじゃないんだよ。欠けているものだ。まだ足りないもの」

欠けているもの。

まだ足りないもの。

ついついあの夜の出来事へ思考が流れてしまいそうになるのを必死に止めて、幾つもの記憶を辿っていく。

出会ったときの恐ろしい印象から、言葉が通じたときの安堵感。

角は怖かった。悪魔だと思った。しかしよくよく思い出すと、彼は少し強引だったけれど乱暴ではなかったし、意味のわからない言葉とて優しい響きだった。だからこそ言葉が通じたときは嬉しかったのだ。心底ほっとした。

翌日の食事会では怖い顔でゲームをしていたけれど、やわらかな空気があった。あの頃からオズタークへの警戒心は薄れていた。オーロラの夜空は今も窓の外に広がっているけれど、彼と一緒に見たあの瞬間は特別だった。

お披露目会は愉しかった。指輪が光らなかったのは悲しかったけれど、でもユナ＝セラの人たちがリュリュを迎え入れてくれたことが幸せでたまらなかった。

酷く疲れて熱が出てしまったときは側にいてくれた。大きな手が優しかった。

その後のことは思い出さない。恥ずかしすぎる。

肌に蘇りそうな記憶を必死に封印して、頬を赤らめながら自分に言い聞かせる。――そして二度目の結実の儀式にまた失敗して、落胆しながら胸を痛めたのだ。

その翌日はしょんぼりして動けなかった。躰がつらいのではなく、心がしんどかった。

そして今日だ。今の時刻はわからないが、もしかして昨日になっているかもしれない。

誠実なその人が大臣たちにあれやこれや言われていて、酷く腹が立った。

大勢の前であんなふうに大声で怒ったのは初めての経験だった。頭がカッカして、感情がぐちゃぐちゃで、涙も出てくるし酷い有様《ありさま》だったと思う。

それでもオズタークは優しくて、心を乱すリュリュを慰めてくれた。――そして自分の弱さを打ち明けてくれたのは、リュリュを信頼してくれたからだろう。

優しい。オズタークは優しい。

彼のことを想うと、胸が一杯になる。受け止めきれないほどたくさんの優しさを貰ったのに、自分からは何も返せないことが悲しくなる。落ち込んでいては駄目だ。――そう思わせてくれたのも彼だった。

この数日の間に心に刻まれた記憶を何度も何度もなぞり、自分に何が欠けているのかと賢明に考えていく。

思考を巡らせながら、リュリュの視線は幸せそうなルーカスの寝顔に向いていた。まるで笑っているみたいだ。

「……」

笑っているみたい。

――ふと、気が付いた。

「あ…ッ」

リュリュは弾んだ声を上げながら咄嗟に半身を起こした。

その拍子にころんと、ルーカスが胸の上から膝まで転げて、ぷるぷるっと身を揺すっている。

『も～、なに～！　折角気持ち良く眠っていたのにー！』

「笑顔だよ！　笑顔！」

『ん？』

きょとんと、寝ぼけ顔をしてルーカスが小首を傾げている。リュリュは発見に興奮して、瞳を輝かせた。

「だからっ、笑顔なんだよ。俺、オズタークの本当の笑顔って見ていないんだ。満面の笑顔だよ。あの人、ずっと怖い顔してるから！　……いや、まあ、ちょっと怖い雰囲気はあるけどさ。そうじゃないんだ。愉しくて、笑った顔！　ウキウキした顔だよ！　俺はまだそれを見ていないんだ」

『そうかぁ、笑顔かぁ』

ルーカスはまだ寝ぼけているようで、そう言いながらこくりこくりと頭が船を漕《こ》いでいる。

発見したことで思わず起き上がったから驚かせてしまった。小さな頭を撫でて、もう一度横になると、ルーカスがまた定位置に戻ってきた。

「また動いたら転げ落ちちゃうかもよ」

『動いちゃダメ』

「そうは言うけど……」

リユリユは苦笑した。

「あと二日しかないんだ。精一杯やらないとね。俺はオズタークを笑顔にする。……結実したら笑ってくれるだろうけど、でもそうじゃなくて、彼と心の距離をもっと近くするために笑顔にするんだ」

『いいと思うよ』

むにゃむにゃと、可愛い声。

「俺はこれから作戦を練るから、ルーカスは寝てていいよ」

ふぅん…と、小さく鼻息を零して、ルーカスは片目を開いた。

『リユリユには得意なことがあるじゃない。それを見せたら？』

「それは……だって魔法使いだと勘違いされているし、余計に信じ込まれたら困るよ」

『そうかなぁ……いいと思うのに』

むにゃむにゃ。と、また小さな口をもごもごさせて、ルーカスは今度こそ眠ってしまった。

「マジックかぁ」

小さな寝息を聞きながら、リュリュは白い花を再び眺めた。

ステージに立つのは苦手だけど、マジック自体は大好きだ。近頃コインマジックしかしていないから、腕が鈍ってしまったという不安もあるが、簡単なものならば……。

「……いや」

リュリュはかぶりを振って、目蓋を閉じた。

やっぱり駄目だ。

また魔法使いだと喜ばれてしまうのは良心が咎《とが》める。今だって誤解されたままで、嘘を吐いているという気がしているのに、その上、また嘘を重ねるのはできるかぎり避けたい。

でも、得意なことを封印して、それでもオズタークを笑顔にする方法があるのだろうか……。

考えても答えが出ないまま、いつの間にか眠りに落ちていた。

*

六日目の朝、リュリュが目を覚ますといつものように同じ顔のメイドが来て、着替えを手伝ってくれた。

　子供じゃないんだから自分でできると、ユナ＝セラを訪れて間もない頃に言ったのだが、「これが我々の仕事です」と言い切って、決して譲ろうとしなかった。結局リュリュが折れて彼女たちの好きにさせているのだが、女性に触れられる経験が乏しいリュリュにとってはくすぐったくて敵わない。

　むずむずしながらリュリュが耐えているのを、ルーカスはベッドの上で眠そうな顔をしてぼんやりと眺めていた。

　それにしてもメイドの二人は人間のリュリュの目には神秘的に映った。透けるような肌にうっすらと見える鱗はオパールを思わせる虹色の光。髪もラベンダー色なのだ。

「ねえ。君たちみたいな容姿の人たちが、この世界には大勢いるの？　……ごめん。そういうのって失礼な質問かな。俺の目にはすごく神秘的に見えて、綺麗だなって思うから」

　おずおずと尋ねると二人は顔を見合わせて、「いえ」とメリーが答えた。

「我らは少数民族です。このような容姿ですから、幼い頃に誘拐されることが多くあります」

　メリーの言葉に「えっ!?」と、リュリュが眼を丸くすると、アリスが頷いて、続けた。

「我らの民族はこの城で保護されているのです。その対価として王と伴侶のお世話をしています」

「そうなんだ。そういう人たちが大勢いるの？」

「大勢ではありませんが、幾つかの民族が保護してもらう代償として城で仕事をしています」と、メリーが言い、アリスが頷いた。

「俺はなんにも知らないんだな……」

「これから知って頂ければいいのです」

――と、メリーとアリスが声を揃えた。

「メリー……アリス……」

「我らはずっとリュリュ様のお世話をしたいです」

メリーは言った。続けてアリスが。

「リュリュ様のお世話をするのが我らの喜びですから」

そして二人は同時に大きく頷いてみせた。

彼女たちとてまだ結実の儀式が成功していないことを知らないわけではないだろう。それでもはっきりとそう言ってくれたことがリュリュには嬉しくて、少し目尻が濡れてしまった。

瞳を潤ませて感傷に浸ってしまうリュリュに流されることなく「いけません」と、冷静に素早くハンカチで拭いてくれるのも彼女たちらしかった。

着替えを終えると朝食を取らないまま部屋を出された。外にはいつものように帯剣した兵士と、槍を持つ兵士が待っている。リュリュが出て行くなり「おはようございます」と一礼した。

「王の私室へお連れします」

「オズタークの？　なぜ？」

小首を傾げたリュリュの背後で「あ」と、メイド二人の声が重なった。

メリーたちの様子に、兵士が言う。

「また言い忘れていたのか、君たちは。――失礼。本日の朝食は王と同席して頂きます」

「ぁ…はい」

これはオズタークを笑顔にするチャンスかもしれない。いきなり訪れた絶好のタイミングに色めき立ったが、肝心のプランが何もないことに焦り、リュリュは胸の内で呻いた。

麻のようなややわらかな上着の胸ポケットにはコインが一枚入っている。仮にマジックを見せるとしても、コインマジックなら先日披露したではないか。一度見せたものでオズタークを満面の笑顔にさせるなんてリュリュには無理そうだ。

頼みのルーカスはまだ眠そうだったし、あれではまた寝直しているにちがいない。子猫はよく眠る。起きた途端元気に動くのに、ふいに糸が切れたように眠りだす。それは本物の子猫ではないルーカスも同じようだった。

ルーカスに助けを求められない以上、オズタークの私室へ向かいながらリュリュは一人で必死に策を講じるべく考えを巡らせたが、結局巧い手は何も浮かばずじまい。

初めて彼の私室へ足を踏み入れたのに、感激するよりも自分の駄目さ加減に心底呆れていた。

「どうした？　酷く暗い顔をしているではないか。来る途中、魔物に出会ったのか？」

「いえ……」

笑顔にさせたいはずが、また心配されてしまった。

　こういうところが本当に駄目だとリュリュは思う。ひっそりと反省しながら席に着くと、メイドたちが素早く無駄のない動きでセッティングしていった。あっという間にテーブルは様々な料理を盛った皿に彩られる。フォークにナイフ、そして箸があることが相変わらず不思議だが、段々慣れてきた。

「二人きりの食事は、これが初めてだな」

「そういえば……本当だ。でもどうして急に？」

　パンらしき温かな物を千切りながらリュリュは尋ねる。スープはコンソメのような香りがしているけれど、きっと味が違う。こういうことがここでは毎日だ。

「今日を入れて、あと二日だ。言っただろう。我々のできることをしようと」

「でも朝食を一緒に食べるなら、もっと早くにできたと思うけど……？」

「私の隣で大臣やら司祭やらが、ああだこうだと執務に関する意見や小言を言うのを聞きながらで良ければそうしたが、どうだ？」

「それはちょっと……食べた気がしないね」

　疲労を滲ませたオズタークの溜め息に、リュリュは苦笑した。

「前王から王位を継いで間もないこともあり、とにかく忙《せわ》しなかったのは仕方ないが、しかしお前の言う通りもっと早くにこうするべきだったと思っている」

　オズタークは何度か王になってまだ日が浅いと言っていたのを、リュリュは思い出した。

　——そうだ。もっと会話するんだ。自分たちには会話が足りない。それに気が付いて、リュリュは口を開いた。

「オズタークのお父様、凄く元気そうだったけれど、なぜ王位を譲ったの？」

「そういう時期が来たからだ」

オズタークは穏やかに言ったが、曖昧な答えにリュリュは小首を傾げた。

「父曰《いわ》く王としての自分の代は終わったとある日気付くのだそうだ。ユナ＝セラがそう告げるのだと。父は朝食中にそれがあって、こんなふうに食卓を囲んでいる最中に『明日からお前が王だ』と、私に告げてきた。あのときは流石に焦った」

そのときのことを思い出したのか、オズタークの表情が和《やわ》らいだように見えて、リュリュは気持ちを逸《はや》らせた。

「そんなことがあったんだ。でも翌日からいきなり王様になるなんて、確かに大変だね」

もっと、もっと会話をしたら笑顔が見られるかもしれない。食事をするのも忘れてリュリュが必死に会話を続けていると、メイドが近づいてきた。

「オズターク様、外にサクド様が」

「内務大臣め。今日の執務には遅れると言ったはずだ。もう少し待たせられないか」

声を硬くしたオズタークに、メイドが困った顔をしている。

「いいよ。行って。俺は平気だから」

「しかし……お前との貴重な時間だ」

「少しだけでも朝から逢えたし。俺は平気」

オズタークは苛立ち気味で、席を立つのを躊躇っている。

「行って」と、リュリュが促すと、最後は諦めたように渋々と頷いた。

「これで儀式に失敗すれば、なぜか責められるのだ」

「成功すると信じているからだよ」

リュリュが微笑《ほほえ》むと、オズタークが少しばかり不思議そうな顔をする。「なに？」と尋ねたリュリュに、思うことがあるのか何かを噛み締めるような表情だ。

「何かあったのか？　少し雰囲気が変わったようだ」

「え？」

「明るくなったようだ。そんな気がする。私にはとても良い表情をしているように見える」

オズタークにはそう見えるのか。

「……うん」

リュリュは気恥ずかしさに、答える声を震わせた。

「ありがとう。……そう言ってくれると、なんだか勇気が出る」

「そうか。お前が喜んでくれるなら、私も同じ気持ちだ」

会話の途中でメイドが王を急かした。

「ああ、もう行く。——リュリュ、これを」

オズタークがどこからか、あの白い花を出した。水仙に似た小さな花を左の耳の上に挿してくれる。

「——あれ？　少し香りが違う」

「気付いたか。これは特別製だ。私の魔力を込めたせいか、香りが少し変化したようだ」

「魔力を。なぜ？」

「魔除けにならないかと思ってな。魔物は王の魔力を嫌うから、力の薄い所に湧きやすいのだ。だからお前がこうして肌身離さず付けていれば、部屋に閉じこもっている必要はないと思って」

「じゃ、じゃあ、俺、外に出られるの！　お城の中を自由に歩けるようになる!?」

「その花と私は魔力の見えない糸のようなもので繋がっているから、範囲は限られている。元の花の香りは覚えているか？」

リュリュは頷いた。

「本来の花の香りになってしまったら魔力が途切れた証拠だ。だから極力私の近くにいてほしい」

「でも俺は仕事の邪魔なんてしたくないよ」

「近くというのは——そうだな、あの庭辺りまでならば確実だ」

オズタークが窓の向こうを指さすと、そこには中庭があった。青々とした木々が茂り、中庭というより小さな公園のようだ。噴水の周りには子供たちが遊んでいるのが見えて、リュリュは喜んだ。

「外へ出てみたかっただけだから十分だよ！」

「それは良かった。しかし護衛は付けるから、そこは我慢してくれ。それから薄暗い所へは行かないように。それから――」

「まだあるの？」

メイドがドアとこちらを交互に見ては、困った表情で物言いたげにしている。それに気付いているリュリュは、まるで子供扱いするオズタークに小さく呆れて言った。

「これで最後だ」

王がメイドに言った。

「リュリュ、行動範囲が広がれば、まだユナ＝セラの民として認められてはいない以上、魔物に狙《ねら》われる可能性が高くなる。極力私の目の届く所にいてくれ。お前のほうからも私の姿が見える所にだ」

「――わかった」

心配を滲ませた真剣な顔で言われては、「もっと自由にさせて」とは言えない。

「ちゃんと見える所にいて、オズタークの働く姿を見学させてもらうことにする」

「……それは、ああ、いい案だ。大抵は大臣の長話ばかりだが、それでも見ていてくれれば私も仕事に熱が入るというものだ」

「うん頑張って」

漸くオズタークが納得して、私室から出て行った。彼のプライベートルームに一人残ったリュリュは、見たこともない文字の背表紙が並ぶ壁一面の書棚を眺めて、くすぐったい気持ちを宥めるように息を吐いた。

「今日は更に気持ちが近づいた気がする」

凄く、凄くいい感じだ。リュリュは強くそう思って、少し照れながら甘い甘いジュースを飲んだ。


朝食を終えたあと、初めて中庭へと行ってみた。

移動中はぴったりと護衛が二人付いていたが、中庭へ入ると距離を開けてくれる。

「我々は邪魔にならぬよう、近くで見ておりますので」

「ありがとう」

メイドや護衛の兵士たちの、さりげない心遣いが有り難い。

「リュリュ様――さきほどのことは、どうかお気になされませぬよう」

「あ…はい。でも本当のことだから、文句は言えないです」

中庭へ来る途中の渡り廊下でのことだった。メイドたちの賑やかな話し声が聞こえてきたのだ。

『今日で六日目よ！　まだ結実の儀式は終わらないの!?　魔物がそこいら中に出て、気が抜けないったら！』

『本当よねぇ。新しい王様は何されているのかしらね！　弱腰なんだわ。だらしないったら』

『婚礼の準備も止められて気が気じゃないってのに……司祭様も強く言ってやればいいのよ』

『司祭様も手を拱《こまね》いているって話よ。新しい王様と伴侶は気が合わないのかも』

『前王様が良くできていた分だけ、この差は参るわねぇ』

――そんな大声の世間話をたまたま耳にしてしまい、リュリュはいたたまれなくなった。

これでは兵士も心配するというものだ。立ち話するメイドたちを兵士がすぐに追い払ったが、聞いてしまったものは仕方ない。

「俺は大丈夫ですから」

困った顔をしている兵士に、リュリュは苦笑いで答えた。

でも、リュリュを気遣ってくれるオズタークの優しさを「弱腰」と決めつけられるのは悲しいことだ。

中庭では木々や花を手入れしている者たちがいる中、子供たちが賑やかに遊んでいた。

「あ！　リュリュさまだ！」

すぐにも気付かれて、わっと子供たちが集まってくる。

「リュリュさま！」

「伴侶さま！　お手に触れてもいいですか？」

目を輝かせながら言う子供たちにリュリュが頷くと、わっと手や指を握ってくる。

「王様と伴侶様が幸せになれますように！」

以前にもされたおまじないだ。

「ありがとう。みんなのおまじないが効いてくれるといいけれど」

「大丈夫です！」

大丈夫！　大丈夫！　と、口々に言う子供たちが可愛らしい。人間だけの世界もユナ＝セラも、子供が可愛いのは共通しているようだ。

「リュリュさま！　あっちに素敵な噴水があります！」

「行きましょう！」

「うん。わっ！」

いきなり子供たちに手を引かれ、はは！　と、笑いながら広い中庭の中央にある噴水へと小走りで向かう。

噴水の近くにはメイドたちが大勢いる。リュリュの姿に気が付くと、彼女たちは仕事の手を止めて一礼してくれた。

そうやって礼を尽くされると、少し前まで売れないマジシャンでしかなかったリュリュには気恥ずかしく感じられるし、やっぱり慣れそうにないのだが、「ありがとう」とぎこちなく応えられるくらいにはなってきた。

「俺にかまわず、お仕事続けてください」

そう言うと、メイドたちは軽く膝を折ってもう一度一礼し、再び仕事の手を動かしはじめた。

「リュリュさま、座ってください！」

女の子が恥ずかしそうに頬を赤くしながら首に巻いていたスカーフを取り、噴水を囲む縁石《えんせき》に敷いてくれた。なんだか申し訳ない。こういうときは…と、助言を求める相手がいなくて焦る。

「この子の気持ちですから、使ってやってください」と、メイドが助け船を出してくれて、リュリュは小さく頷いた。

「ありがとう。じゃあ、お礼に俺の膝の上に乗って」

「え！　わあ…！」

女の子はちょんとリュリュの膝に腰掛けて、嬉しそうに眩い笑顔を見せてくれた。

いいなぁ！　と、リュリュを囲む子供たちから弾んだ声。

子供たちの相手をするリュリュの近くで、メイドたちは花壇《かだん》の花を摘んでは桶《おけ》に掬った噴水の水で洗っていた。

時折花を噴水に浮かべている。水の中は色鮮やかな花々が敷き詰められていて、万華鏡のようだ。瑞々しい花弁の上で、水滴が水晶の玉のようにキラキラしている。

空には白い太陽が。果たしてリュリュの知る太陽なのかはわからないけれど、日差しを受けて花も木々も鮮やかだ。よく見ると、噴水の縁石でルーカスがのびのびと日向ぼっこをしていた。時折いなくなっている間、こうして外で自由気儘《きまま》にしていたのかもしれない。

「なぜ摘んだ花を洗うの？」

リュリュは子供たちに訊いた。

「噴水のお水は王様の魔力がいっぱい溶けているから、花を洗うと長持ちするの。もっと綺麗になるの！」

「へえ、凄い。俺のいる部屋に飾ってあった花も、ここで摘んだのかな」

「はい」と、花を洗うメイドが返事をした。

「確かに綺麗だね。こんなにたくさん摘んでも花はなくならないの？」

うん！　と、子供たち。

「そうなんだ。王様のお城は綺麗な花で満たされているんだなぁ」

「リュリュさまの、そのお花もとってもきれい！」

膝に乗る女の子が左耳に挿した白い花を見る。

「うん。オズタークが——王様がくれたんだよ。お守りにって」

わあ……！　と、子供たちが感激したような声を上げた。同じ城に住んでいて、王様は身近な存在なのかと思っていたが、そうではないのだろうか。羨望に似た色を浮かべた瞳が眩しくて、少し照れる間もリュリュの鼻にはオズタークの魔力を纏う花の香りが届いていた。

同時に彼の気配に抱き締められているような、包まれるような感覚があって、こうしている間もオズタークがリュリュを気にかけてくれているのがよくわかる。しかし一方であの淫らな夜のことを思い出させるような、むずむずさせる気配もあって、それがなんともこそばゆい。

オズタークのいる執務室は、中庭からもよく見えた。

時折彼の視線がこちらに向けられるのも見えている。そのたびに手を振ろうか、笑いかけようか、でも気恥ずかしいし仕事の邪魔になってしまうだろうか……と、あれやこれやと考えてしまう。これだから自分は駄目だ。

（時間がないんだから、躊躇っている場合じゃないぞ）

落ち込みそうになる自分を、リュリュは叱咤《しった》した。

次は必ず手を振ろう。そう決めた。

いつこちらを見てくれてもいいように、子供たちと戯《たわむ》れながらも視線はついつい執務室の窓へと向いていた。オズタークは大きな机の前に座り、大臣らしき恰幅《かっぷく》のいい男性と話し込んでいるようだ。奥にも大勢人がいて、皆難しい顔をしている。

「ユナ＝セラにはたくさんの国があるの？」

「街と村があるよ。いっぱい！　お城の中にもあるよ！」と、子供たち。

「少数民族や弱い人種の集落が城内で保護されています。――私もその一人です」

メリーたちと同じことを言ってくれたメイドの左右の側頭部には大理石のような乳白色の角が生え、若葉色の髪に金色の目が印象的だった。中庭にいる人たちだけでも様々な人種がいるようだ。そのすべてをオズタークは統べているのか。

「王様は良くなさっています。儀式を終えていないというのに、いつまでも絶えぬ種族同士の揉め事など、一人一人から話を聴いては解決の道を探っておられますから」

別のメイドが言い、仕事の手を動かしながら皆が頷いた。

「そうなんだ……俺はオズタークの仕事をよく知らなくて」

「これからですよ」と、皆に励まされて、リュリュは少し泣きそうになった。

リュリュにできることはないのだろうか。彼は執務をこなして、リュリュを気遣って。それなのに、それなのに……――またネガティブな感情が心に影を差していく。いけない。と、沈む気持ちを払い、前向きな気持ちをたぐり寄せる。

「城内で子供たちを自由に遊ばせることをお許しになってくださるだけで、私たちにはとても有り難いのです」と、大理石の角を持つメイドが言う。

「でも、魔物が多いと聞いてるけど……」

「お守りがあるよ！　ほら！」

ほら！　持ってる！　と、子供たちが首から下げた巾着《きんちゃく》や、木彫りの像ようなものを見せてくれた。

「リュリュさま、魔法を見せてくださいまし」

膝に乗った子が言った。

「見たい！　リュリュさま、見せてくださいまし！」

子供たちに次々とおねだりされて、リュリュは少し困った。

魔法ではないんだけど……と、言いかけてルーカスの存在を思い出した。ちらりと見た白い子猫は、腹を出して暢気に寝ている。のどかな光景に小さく笑って、リュリュはコインを出した。

「じゃあ、よーっく見てて」と、手の平を見せる。

簡単なコインマジックだけど、実はとても難しい。コインを上に弾いて左手でキャッチ。

「さあ、コインはどっちにある？」

こっちー！　と、子供たちは左手を指さすけれど、そのときには既にコインは右の手の中にある。観客に気付かれないほどの素早い動きで反対の手に飛ばすのだ。テーブルマジックで散々鍛《きた》えてきた技は数日コインに触れなくても躰が覚えていた。

「わ！　こっちにあった！」

わああ……！　と、子供たちもそしてメイドたちも目を輝かせて驚いていた。

魔法使い様……っ。と、喜び敬《うやま》われるのは少し心苦しいけれど、大好きなマジックで皆が笑顔になってくれるのはやっぱり嬉しい。

マジシャンとしてステージに立つのは苦手だけど、でも――。

「やっぱり俺、これが好きなんだ……」

子供たちは「消えた！　移った！」と瞳を輝かせて笑っていた。眩しいくらいの笑顔にリュリュまで嬉しくなる。こんなふうに笑顔にしてあげられるのは、やっぱりマジックしかないのかもしれない。

「うん」

リュリュは小さく頷いた。

「決めた」

オズタークを笑顔にする方法をずっと考えていたけれど、やっぱりマジックを見てもらおう。

また魔法使いだと言われたときは、ルーカスがどんなに怒ったとしても真実を言おう。まずはオズタークに本当のことを言って、それからみんなにもただのマジシャンだと打ち明ける。

リュリュはそう決意して、膝の上から女の子を下ろすと立ち上がった。

「スカーフ、ありがとう。汚してごめんね」

リュリュは女の子にそう言って、決意を胸に歩きだした。

『ぼくも！』

日向ぼっこに飽きたのか、ルーカスが宙を駆けて、リュリュの左肩にぽんと弾むように乗ってきた。

「オズタークに逢いに行くんだよ」

『うん！　一緒に行く！』

この白い子猫は王様が大好きだ。

庭の外ではさきほどの護衛の兵士たちが待っていた。

「オズタークの所へ行きたいんです。連れて行ってもらえますか？」

「この時間、王は執務中ですが――いえ、参りましょう。伴侶が王の元へ行くのに時間など関係ありません」

お願いすると兵士は一度躊躇ったが、すぐにも頷いてくれた。

子供たちに手を振り中庭を出る。

さっきまで窓の向こうにオズタークの姿が見えていたほどだから、中庭から執務室までの距離は近い。城の廊下に戻り、壁に飾られた巨大な絵画を眺めながら兵士の後ろを歩いていくと、ふわり、と薄影が差した気がした。

　ふと足を止める。

「——あれ？　え？　え？」

　さきほどまで前を歩いていた兵士の姿が消えていた。振り返ると、背後の兵士もいない。

　リュリュは戸惑い、その場に立ち竦みながら狼狽《うろた》えた。

　気が付くと様々な絵画に彩られていた廊下は消え、見知らぬ部屋にいるではないか。——いや、部屋なのだろうか。光源が強いのか、壁全体が白く発光しているように感じられ、奥行きがわからない。

　白い部屋なのかなんなのか。酷く狼狽えるリュリュの肩で、ルーカスが唸っている。

「ここ、どこ…？　また俺、どこかに飛ばされちゃったの……？」

　あの街を見下ろす小高い丘の上から、このユナ＝セラへ来たように。

　またリュリュはどこか別の世界へ連れて来られてしまったのだろうか？

　不安を煽るように視界が一層白くなってきた。それが霧《きり》だと気が付いたときには、自分の手さえ見えなくなるほど濃くなっていた。肩にいるはずのルーカスの姿すら濃い霧に飲み込まれ、見えなくなっていた。

「これ……なに？　なんでこんな……ルーカス、ここはどこ？　君は知ってるの？」

　息苦しいほど濃い霧にリュリュは脅えて、かたかたと震えだした。

　肩にいるはずの子猫の声が聞こえない。なぜ？　さっきまでいたはずの兵士はどこへ行った？

リュリュは涙が込み上げてくるのを止められず、喉の奥で嗚咽を洩らした。涙に滲んだ目は一層視界を曇らせてリュリュを不安にさせる。上着の袖で涙を拭い冷静になろうと必死になったが、その手も震えていた。

今の自分を取り巻く世界は真っ白で何も聞こえない。噎《む》せそうなほどの濃い霧に満ちていて、出入り口さえ見えない。天も地も前後左右もすべて真っ白だ。

震える手で口を押さえた。怖くて嗚咽が止まらないからだ。

涙が零れそうになるたびに袖で拭った。汚してしまってあとでメイドたちに叱られようと縫《ぬ》ってくれたヨンジャに怒られようと構わない。とにかく、出口を見つけなければ。

しかし一歩踏みだそうという気持ちはあるのに、恐怖に脚が固まり、歩くどころかその場にへたり込んでしまった。

起き上がろうとしても体が重たい。霧がリュリュを押さえ込んでいるようだ。それほどに躰が泥のように重たくて、動けない。

白色の世界の中、は、は、は…と、浅く乱れた自分の呼吸だけが聞こえていた。

ルーカスはどこへ行ったのだろうか。さっきまで肩の上に乗っていたけれど、今では子猫の重みも感じられないし、さっきこの場に座り込んでしまったから、その勢いで肩から落ちてしまったのかもしれない。

あの子は大丈夫だろうか。まだ小さいのに、こんな何も見えないところにいたら泣いてしまうかもしれない。ルーカスはリュリュをずっと励まして支えてくれた。こんなときくらいリュリュが守ってやらないと――。

「ルーカス、どこ……？　ねえ、どこ？　どこにいるの？　お願いだから、返事をして」

弱々しい声で必死に相棒を呼ぶけれど、声は白霧に飲み込まれてしまい、果たしてルーカスに聞こえているのかもわからない。「く…っ」と、込み上げてくる嗚咽を噛み殺して、リュリュは自分自身を抱き締めた。

もしかして、また失敗してしまったのだろうか。

――また、失敗を。

「……っ、ふぇ……っ」

そんなことをぽつりと思ったら涙がどっと溢れてきて、迫《せ》り上がってくる悲しみに耐えきれず、リュリュはその場に蹲《うずくま》った。

愛想笑いができないから里親も決まらなかった。施設を出るまでシスターに冷たくされ、劣等感ばかり培《つちか》った子供時代が脳裏に浮かぶ。働けるようになったら、もっと前向きになれると思っていたのに、マジックの師匠や酔っ払い客が気弱なリュリュを嘲笑《ちょうしょう》する。

好きなことで食べていけるなんて、そんな器《うつわ》じゃないとわかっていたけれど、でも転々と国中を旅しながら頑張れたのは、リュリュのささやかなマジックで笑顔になってくれる人たちがいたからだ。寂しさや屈辱感で心が折れそうになっても踏ん張れた。何度落ち込んだって、これから見る誰かの笑顔を思い浮かべると拙《つたな》い技を必死に磨き上げていく気力が出た。

マジックを見たのは十二歳の頃。施設の用事で街に行ったときだ。大道芸のマジシャンを初めて目にして酷く感動したのを覚えている。

マジシャンの手の中にあるはずの硝子玉がふっと消えると、なぜかズボンのポケットにあった。

びっくりしたリュリュの目の前で今度はマジシャンがパチンと指を鳴らすと、途端に白い花が出てきて、それを貰ったときは本当に嬉しかった。まるで魔法使いだと思った。

この世には魔法使いがいるんだと、人混みの中で子供のリュリュは心から感動していた。——そうだ。あのときから、将来はマジシャンになると決めていたのだ。

心に悲しみを持つ子でも、この世に絶望しか見い出せない子でも、マジックならば束の間の夢を見せてやれるかもしれない——そんな、凄いことがリュリュにもできるかもしれないと想像したら、暗く悲しい毎日でも希望を抱くことができた。

いつか独り立ちする姿を夢見ていたら、クズの師匠の嫌味も暴力も大したことには思えなかった。十四歳で一人前と認められたとき、これで魔法使いになれると思った。——けれど、待っていたのはそう簡単にいかない現実で。

バーやレストランのテーブルを借りて、毎日のように煙草と酒にまみれた野次《やじ》と嘲笑を浴びながらチップを稼ぐ毎日。

思っていたのと違う——そう気付いたのは、独り立ちして早いうちだった。

いや、師匠について助手をしていた頃から薄々気が付いていたけれど、現実を見ないようにしていたのかもしれない。あの頃はまだ夢も希望もあったから……。

公園で練習するリュリュを、子供たちが目を輝かせて見てくれる光景が大好きだった。

チップを稼げないのはつらいけれど、でも学校にも行けず労働を強《し》いられている子たちが一瞬だけでも険しい表情を綻《ほころ》ばせてくれる姿が嬉しかったのだ。

マジックは好きだ。だけど、稼げない。自分はどこへ行けば、どうしたら、何をしたらいいのだろう……。そんな暗く葛藤する毎日に光が差したのは、とある小さな街でのことだ。

「ふあ…っ……ぁあ……」

リュリュは思い出して、悲しみに喘いだ。

『お互い売れないマジシャンかよ！　気が合うな！』

とあるバーで、いつものようにチップを稼いでいた夜。

稼ぎの少なさに密かに落胆していると、ライトビールを手にした男に声をかけられた。暇なので話し相手になってみたら、同じく孤児で施設育ちで、マジシャンをしているという。年も近いし、なにより彼は内気なリュリュと違い陽気で、それが魅力的に見えてすぐ仲良くなった。

それからは幾つもの街を、村を、二人で旅して稼いだ。リュリュ一人のときよりも、彼と一緒のほうが客受けも良くて貰えるチップの額も大きくなった。

彼が社交的で、ステージ映《ば》えするからだろう。次第に彼が前に出て、リュリュが隣でサポートするようになっていったけれど、自信のある技を披露することもできて、大勢の人が喜んでくれた。

リュリュには長年書き溜めたトリックノートがあった。思いつきのアイディアから、大枚をはたいて買った本で調べたトリック、そして師匠に学んだ技術のすべてが書かれた財産だ。

彼にさえノートの存在を教えたことはなかったのに、どこかで見ていたのだろう。一緒に行動するようになって二年ほど経ったある日、大事なノートが盗まれていることに気が付いた。

そして突然彼と音信不通になり、リュリュは不安を抱えたまま滞在していた町中を探し回った。

お互い町や村を転々として、親もなく帰る場所もない根無し草だ。一度姿を見失うと見つけることは難しい。

ずっと親友だと思っていたその人に、初めて家族だと思えたその人に裏切られたと知ったとき、リュリュはただ呆然とした。これまでだって嫌な目には散々遭《あ》ってきたが、彼の裏切りはリュリュの心を木っ端微塵《こっぱみじん》に砕き、痛みも悲しみも絶望さえ感じないほど打ちのめした。

魂が抜けるとはこういうことか――そう思ったのはこのときが初めてだった。

リュリュの心は折れた。耐えて耐えて耐え続けて、ささやかな夢を追い続けるという小さな希望だけを頼りに生きてきたすべてを砕かれてしまった。

公園の子供たちさえ笑顔にすることもできないほど気力を失い、安宿に引き籠もった。少ない財産が尽きると、ホームレスの施設で寝泊まりして、何もない、何も感じられない毎日を過ごした。

無益な日々が一月二月と過ぎていった頃、隣町でマジックショーが人気だという噂を耳にした。

リュリュが——リュシアン・ベルナールという青年がどんなに足掻いても得られなかった夢を、誰かが叶えている。

ああ、なんて羨《うらや》ましい。

空っぽの心に久方振りに宿った感情に、まだそんな気持ちが自分にあったのかと酷く驚いて、話題のマジックを見てみたくなった。もしかするとまた、マジックへの情熱が蘇るかもしれない。また、誰かの笑顔を見たいと思うかもしれない。

親友に裏切られた悲しみを癒やすためじゃない。ただ、新たな希望が欲しかった。そのためだけに、リュリュは仕事を見つけて、隣町へ行くための交通費とチケット代を稼いだ。

慣れない肉体労働に汗を流す間、ずっとマジックショーが楽しみで仕方がなかった。十二歳の頃の弾む心を思い出したようだった。ちゃんと生きてる。生きられている。呼吸もできる。食事も味がする。世界が鮮やかで、様々な香りがして、マジックはリュリュに様々な感動を教えてくれる。そう、改めて思わせてくれた。

ショー当日。バスで隣町まで行き、ホールに一番乗りして指定席に座った。

客がどんどん入ってきて、ホールが一杯になる頃、ぱっとライトが消え、そしてステージがはじまった。

盛大な拍手の中、現れたのは――――。

「は……はっ、……ふ、……ぅう……――――！」

リュリュは歯を食い縛りながら嗚咽を漏らした。

真っ白な世界で拳を握って。躰を小さく丸めながら悲しみに呻いた。固く閉じた目蓋から次々と溢れる涙が白い世界に飲み込まれていく。霧がリュリュを抱き込みながら、融かしていく。

ステージに立っていた彼は幻想世界の主人公だった。

彼の手から次々と色鮮やかな花々が舞い、光が軽やかに遊ぶマジックは、リュリュが長年思い描いてきたノートの中の夢の世界。

一つ一つのマジックが繋がり合い、やがて大きなストーリーになる。色鮮やかで、誰もが笑顔になる世界――それが自分の手ではなく、ノートを盗んだ彼の手によって紡ぎ出されていたことに、リュシアン・ベルナールという青年の心は、また空っぽになっていた。

この真っ白な世界はリュリュの心だ。何もない、何も得られなかった心そのものだ。

嗤われたり罵《ののし》られたりすることには慣れていると思っていたけれど、そんなことに慣れられるはずがない。だが生きていくかぎりこれからもつらいことがあるのだろう。

親しい人に裏切られ、利用されるのは怖い。きっともう耐えられないだろう。リュリュは臆病だから……。

――オズタークもいつか裏切るのだろうか……？

いや。もう既に見限られたっておかしくないほど、リュリュは迷惑をかけている。ずっと困らせてばかりなのに、裏切られることを心配するなんておこがましいことだ。寧ろ見捨てられることに脅えるべきだ。

夢も希望もない空っぽな自分が王様の伴侶に選ばれること自体がそもそもおかしかった。消滅するのが運命なのだろう。きっとそうだ。そうに決まっている。

ああ、俺はもう誰も信じられないのだろうか。

オズタークは優しく抱き締めてくれたのに、不安にはさせないと言ってくれたのに、不安と悲しみが津波のように押し寄せてくるのはなぜだろう。

捨てられたのだろうか、オズタークに。また俺は捨てられてしまったのだろうか……。

リュリュは嗚咽を零しながら、尚も躰を小さく丸めた。

慰めるように白霧が包み込み、繭《まゆ》のようにリュリュを守っている。悲しくてたまらないのに、霧が温かい。優しい抱擁に躰が融けていく。

ダマサレナイデ！

ココニイル！

ボクハココニイルカラ！

厚々《あつあつ》と包み込む繭の向こうで何か声がするけれど、よく聞き取れない。

誰かの嗤う声なら聞こえなくていい。

今はただ傷心を癒やしたくて、このぬくもりに溶けていたい。そう望むと、リュリュは藹と同化していき、ゆっくりと、ゆっくりとミルクのように融けて広がっていった。

きっと躰も心も天の川に溶けてしまったのだろう。

そうだ。リュリュは星になりたいと思っていた。生まれ変わったら星になると。

誰にも愛されない人生ならば、せめて星となって誰かの道標になりたい——その願いが叶うのかもしれない。リュリュは大きく手を伸ばした。溶けた躰に最早形はないが、イメージの中で大きく両手を広げた姿が星の瞬きへと変化していく。

不安も悲しみも絶望も消え失せたわけじゃないけれど、でもこれ以上傷つくことはないのだから、痛みが増えることもないだろう。代わりに瞬く星の一粒となって、誰かに愛されるかもしれない。

愛されたい。

ぽつりと思って、リュリュは悲しくなった。

嘘偽りのない心で。星を見上げるような、澄んだ瞳で愛されたい。

オズターク。

蒼い瞳を思い出して、その主を強く強く思った。

リュリュを心から信じて守ってくれた人。愛してくれる心優しき王様。

もしこのまま星になれても、ユナ＝セラの夜空には星がないから、元の世界の星だろう。であれば道標として彼を導くことができない。——ああ、星になってさえ、何も返すことができないだなんて。どうして自分はいつも力不足なのだろう。

彼のためになりたい。小さな明かりでかまわないから、彼の迷う心を僅かでも照らす星の光になりたい。

彼のためだけの星に。

そこにはいない彼を求めて、リュリュは手を伸ばした。躰は白霧に溶けて形をなしてはいないけれど、リュリュの中のイメージはオズタークに向かって真っ直ぐに腕を伸ばしていた。

今ならわかる。何よりも大切で、誰よりも信じられる人。深い愛で包み込んでくれた優しい人。

蒼い瞳に見つめられるたび、その腕に抱き締められるたび、心が震えた。肌に触れられて、初めてドキドキした。今だからわかる。——誰よりも愛しい人。

「オズターク……逢いたい」

言葉にならない声や、様々な感情に苛まれながら、リュリュの心に灯る唯一の光を求めてその名を呟くと、白霧に溶けた腕を大きな手が摑んだ。

「——……ッ」

誰？　と、咄嗟に思ったが、リュリュには確信があった。

形をなさない躰が一気に引き上げられていく。こんな所にいてはならないというように、強い力で。

この感覚をリュリュはしかと記憶していた。

町を見下ろすあの小高い丘の上で、夜空に向かって伸ばした腕を掴んだ大きな手。

「オズターク……！」

リュリュは叫んだ。——ザ…ッ、と水が飛沫《しぶ》いたような音がして、視界に一気に色が広がる。まさに霧が晴れた瞬間だった。するとサーッとステージの幕を閉じるように、リュリュの目の前が鴉の濡れ羽色へと変わっていった。

「オズタークッ」

リュリュはもう一度叫んだ。

その髪の色はオズタークのものだ。

天の川の瞬きから手を伸ばして、リュリュを引き上げてくれたにちがいない。ああ、と歓喜に笑みを零したリュリュと目が合った相手は、山羊の角がついているのに、オズタークとはまるで違う。

蒼い双眸を持つのに、おぞましい怪物がリュリュを見下ろしているではないか。

「——……！」

魔物。咄嗟にその言葉を思い出して、リュリュは悲鳴を上げた。

王の繁殖期の間、魔力が不安定となり魔物が出ると言っていた。魔物から守るための魔除けをオズタークから貰ったのに効果がなかったのだろうか。リュリュは大きな手から逃れようと、必死に藻掻いた。辺りは白色の世界に戻っていた。

魔物は大きかった。抱き締めてくると、その躰がリュリュに覆い被さるようだ。角を生やした漆黒の魔物は耳まで裂けるような大きな口を開けながら、涎《よだれ》を垂らしている。

「ヒッ……！」

喰われる……！

恐怖に居竦み、ぎゅっと硬く目を瞑《つむ》ると、リュリュの名を呼ぶ声がしたような気がした。

はっと目を見開いた途端、身の毛もよだつおぞましい顔が間近に見えた。――しかし、おびただしく生えている牙の隙間から確かに名を呼ぶ声がする。――そんな気がした。

リュリュ。

また、聞こえた。確かに呼ばれた。獣のように唸る声で、しかと。

リュリュ、マドワサレテハイケナイ。

ココデハ、フアンガトウエイサレル。

「……不安が、投影……？」

リュリュの不安が、この白色の世界に投影されているということなのだろうか。

「俺が怖がっているから、だから魔物が現れたの……？」

ソウダ。と、威嚇するような低い声で答えた魔物が、真っ黒な鉤爪《かぎづめ》を生やした手でリュリュの頬に触れる。

一瞬引き裂かれるのかと脅えたが、違う。頬を撫でる手は慈愛を纏い、羽毛に撫でられるような優しさがある。それに気が付くとリュリュは別の意味の涙を滲ませていった。

「……オズターク。オズターク、なんだね……？」

魔物が頷いた。

「ココハ、カンジョウガ、うつし、出される部屋だ――迷い込んできた者の心を不安で弱らせて、魔物が取り憑《つ》くのだ」

獣の唸り声が次第に穏やかな響きへと変化していくのと同時に、おぞましい姿が一気に霧散していった。

その様子がまるで漆黒の羽根を広げたように見えて、凄絶なまでの美しさにリュリュは感嘆した。目の前に現れたその人が天使だろうと悪魔だろうと構わない。目の前に現れたのは、リュリュのためだけに現れた聖人だ。守《も》り人だ。

そしてオズタークが緩く波打つ髪を揺らしながら、リュリュの目の前に真の姿を現していた。立派な角と、魅入られるような蒼い瞳。知性と理性で形作られた端正な容貌がリュリュを一心に見つめる。

一見すると近寄りがたくて、少し怖い雰囲気のあるその人は、リュリュと見つめ合うなりふわりと表情をやわらかくした。安堵した表情だった。リュリュが無事と知り、喜んでくれている。

「私とわかるか？　リュリュ」

耳に心地よい声で名前を呼ばれ、リュリュは頷くよりも先に彼を抱き締めてわんわんと泣いていた。

「恐ろしかったな。魔物は不安な心に引き寄せられるのだ。私が来たからには、もう何も恐ろしいことはない。魔物は霧散した」

泣きじゃくるリュリュにオズタークが優しい声で言う。気持ちではもう大丈夫だとわかっているのに、泣きたくて泣きたくてたまらないのだ。きっと胸の内側から噴き出てきた悲しい記憶が、リュリュの感情をぐちゃぐちゃにしてしまったのだろう。

オズタークには煩《わずら》わしいだろうに。でもリュリュを抱き締める腕も、あやすように背中を撫でてくれる手も、何もかもが優しすぎて、どうしても涙を止められないのだ。

「ごめ…なさい、……俺……俺……ずっと……」

ずっと不安だった。

ずっと怖かった。

頼れる人が誰もいなくて、頼れると信じたその人に裏切られて、臆病な自分が一層、臆病になってしまった。こんな自分などオズタークにとってはただの重荷だろうに。申し訳なさに胸が詰まって、言葉が続けられない。

「リュリュ、――さあ、少し落ち着こう。大丈夫だ。私はお前から離れない」

震える手で繰り返し繰り返し涙を拭うリュリュを気遣いながら、オズタークはその場に腰を下ろした。

何もない、真っ白な部屋だった。あまりにも白すぎて天井も奥行きも境目がよくわからないほどだ。

「ここは……？」

涙が少し引いて、リュリュは辺りを見回しながら尋ねた。

「未完成な部屋と言ったらいいだろうか。城の中には歴代の王たちが気まぐれに作った部屋や、こうして長年使われずに放置された部屋が幾つかある。大抵は執務の多さにかまけて放置されているのだ。私もそうしていたのだが、それが過ちだった。まさか魔物がここにお前を転移させるとは……」

「じゃあ、あの廊下から、ここへ移動させられたの？」

そうだ。と、オズタークが頷いた。

リュリュの姿がないことに気付いた彼は、そうと察して城内をしらみ潰しに捜していたのだと言う。

「城の者たちは皆魔除けを身に付けているから、魔物は余程餓《う》えていたのだろう」

「でも俺はあなたから魔除けを貰ったでしょう。それなのに……なぜ」

「何かのきっかけで落ちてしまったようだな。中庭の隅に花が落ちていた」

「あ…」

ルーカスが肩に乗ってきたときだ。きっとそのときに落ちてしまったのだろう。

しかしルーカスは今どこに？　一緒にいたはずのルーカスの姿はなく、広い部屋にはオズタークとリュリュの二人きりだった。

「怖がらせたな。すまなかった、リュリュ。いっそ首飾りか何かにすれば良かった」

ううん。と、リュリュは頭を振った。

「もうオズタークがいてくれるもの。さっきの思い出は魔物が俺に見せたってこと……？」

「正確にはこの部屋がだ。ここは人の心を映す部屋だ。魔物はここでお前の中の不安を煽り、取り憑こうとしたのだろう。心を喰うために」

「心を喰うなんて……」

魔物というから、てっきりドラゴンみたいなものかと思っていたが、靄《もや》のような形のないものだったとは。

「だから、あんなに思い出したくないことを……いっぱい見て……怖くて、俺……悲しくて……」

ユナ＝セラへ招かれて忘れかけていた記憶が一気に蘇ってきてしまい、受け止めきれずに心がまた砕けそうだった。怖くて怖くてたまらなかった。未だに震えが止まらなくて、ずっとオズタークの腕を摑んだままだ。

「オズタークが一瞬恐ろしく見えたのも、この部屋のせい……？」

「そうだ。魔物がお前の恐怖心を助長したせいで、おぞましい姿に見えたのだろう」

オズタークは涙に濡れたリュリュの頰を撫でながら、そう言った。

「そうだったんだ。良かった……気付くことができて。あなたが俺の名を呼んでくれたから……」

リュリュはオズタークの右手に自身の手を重ねて、ほう、と安堵の吐息を零した。温かくて大きい。安心させてくれる、彼の手だ。

「……この手が俺の手を摑んでくれたとき、凄く嬉しかった。……俺、……元の世界ではずっと一人で、嫌なことばっかりで……」

いっそ星の瞬きの一粒になりたいと願うほどだった。

「あの夜もそう。あなたが手を摑んでくれたから、俺の世界は空っぽの真っ白から色鮮やかになった。――オズターク、あなたが俺を助けてくれたんだ」

再び涙を零したのは、恐れではなく彼への感謝と愛おしさからだ。

「だけど俺はあなたに何も返してあげられない……花は結実してくれないし、指輪も光らないままだ。このままではあなたを不幸にしてしまう……そんなこと、したくないのに」

「リュリュ、そんなことはない」

「だけど…ッ。俺はあなたを幸せにしてあげられるものなんて、何一つ持っていないんだ。俺は物心ついたときからずっと失敗ばかりで、そうなることが当然だったから……嗤われて、傷つけられるたびに、それが俺の運命なんだと思っていたから……、俺は……俺は……あなたを幸せにする術がわからない」

ごめんなさい。ごめんなさい。――リュリュは涙を零しながら、繰り返し謝った。

謝ることしかできなかった。そんな惨めな自分を、彼は一度ならず二度も救ってくれた。

「俺は消えたっていい。死んだってかまわない。だけど、あなたは消えちゃいけない。こんなに優しい人が、素晴らしい人が消えるなんてことは絶対にあってはならないのに、なんで俺には何もできないのかな……」

そう、震えた声で言ったリュリュを、再びオズタークが強く抱き締めた。

「泣かないでくれ、リュリュ。これ以上苦しまなくてもいい」

「オズターク……」

彼はどこまでも優しい。

「厚い霧に触れたとき、お前の記憶が私にも入ってきた」

「俺の記憶が……全部……そんな、あんな記憶……ッ」

自分でも情けなくなる記憶ばかりだ。そんなものをオズタークは見たというのか。

「つらくとも、お前の生きてきた道だ。私たちが出会うための、道筋だ。恥じることではない」

オズタークは穏やかに言葉を続ける。

「心を裂かれるような悲しみだった。お前が今までどれほどつらい人生を歩んできたのか何も知らず、不安にさせないだなどと、今日まで随分と甘いこと言ってきた気がする。お前が私に対して疑心暗鬼になるのも当然だ。寧ろ詫びるのは私のほうなのだ」

「そんなことない。オズタークは優しい。俺が、……俺に信じる気持ちがなかったからだ……ずっと傷つけられることに脅えて、誰も信じられなくなっていたから……心の中が真っ白で、ぽっかりと穴が開いたみたいに何もない。あなたも見たでしょう……？　俺の心は闇ですらない。塗り潰せる色なんて持っていなかった」

「そんなことはない。美しい白だ。これからどんな色にもなって、鮮やかになっていく」

「だけど……」

結実の儀式を失敗し続けていて、未来などあるのか。

偽物の魔法使いでは、指輪も光らない。

また暗い気持ちになりそうで、リュリュは頭を振った。

「オズターク。あなたはどうなの？　この部屋は心を投影するんでしょう。俺の心はこんなにも真っ白で、塗り潰せる色も何もなかった。じゃあ、あなたは？　――俺と出会って、あなたは……」

少しでも幸せな気持ちになってくれただろうか？

何一つ期待に応えられない駄目な青年と出会い、それでもあなたは――。

「そうだな……私は――」

オズタークがそう言いかけるや否や、白色の世界が一気に砂嵐へと変化した。

「――ッ」

リュリュは息を呑む。

ごうごうと風が吹きすさび、あらゆるものを巻き込みながら増大していく嵐が二人を飲み込む。リュリュは脅えて、オズタークにしがみついた。

「――お前と出会う前、私の心はただ頑《かたく》なだった。ある日突然父に譲位《じょうい》され、この世界、そしてこの世界に生きる者すべての王となったのだ。碌に心の準備もできないままに」

雷鳴が轟《とどろ》き、地面を揺らす。ごうごうと荒れ狂う嵐が竜巻を作り、何もかもを砕いていく。

世界が壊れていく。

「前王は誰に対しても厳格であり、それでいて寛容でもあり、何より偉大だった。私はあまりにも大きすぎる存在である前王を尊敬し、常に圧倒されていた。私が前王のすべてを受け継ぐなど、到底できるはずもない。だが、それをしなければならないのが、ユナ＝セラ——王花より生まれた私なのだ」

「オズターク……」

「善《よ》き世界を創り、民を守る。皆が幸福であり続けるために、未熟な王は何をするべきか。これが私に課せられた責務だ。失敗は許されない」

オズタークはユナ＝セラの王としての責務や重圧と日々闘っている。その苦痛や心労がこの大嵐として現れたのならば、どれほどのものだろう。リュリュとは違う苦悩が今二人を飲み込み、砕かんとして容赦なく荒れ狂っている。

「だが王花が開花したとき、私は心から喜んだ。世界で唯一人の伴侶に逢える、一生に一度しかない機会なのだから当然だ。伴侶は私の片割れだ。きっと私に欠けたものを持つ者なのだろうと、激しく胸が高鳴った」

「俺は、そんな大層なものじゃ……」

オズタークに欠けたものを埋めるだなんて、それほどの存在じゃない。

嵐は一層凄まじくなり、部屋は闇に飲み込まれた。リュリュと真逆の色だ。ごうごうと耳が痛いほどの音が響き、息苦しい。これがきっとオズタークに科せられた重圧なのだろう。

「あの地下の池の中でお前の手を摑んだとき、あまりの小ささに子供ではないかと疑い、手を離しかけた。しかし二度目などあるのかと思ったとき、あの手を離してはいけないと確信した。――そして引き上げると、……ああ、あの瞬間を私は一生忘れないだろう」

すぅ、と嵐の隙間から一条の光が差し込んでくる。それにリュリュが気が付くと、光の筋は瞬く間に広がって、一気に嵐を蹴散らした。露が弾け、世界が白色に染まる。リュリュのものとは違う、生命力に溢れた白だ。

「あの白金の髪、透き通るような瑞々しい肌。落ち着いたグリーンの瞳にたちまち魅入られた。胸の中に飛び込んできたお前の躰はあまりにも小さくて、やはり子供ではないかと不安になったが、羽根のようなやわらかさと可憐さに私はただ驚いて、愛おしさに心が揺さぶられてしまった」

オズタークが言葉を紡いでいくたびに、白い世界に出現した地上では緑が芽吹いて、みるみる茎を伸ばしていく。

伸びた茎の先にぽんぽんと蕾《つぼみ》が付いたと思うと、ぱっ、と弾けるような音を立てて花々が開いていった。

気が付けば、足下は花の絨毯だ。空からはきらきら光る太陽の欠片《かけら》のような花弁が落ちてきて、甘い甘い香りに満たされる。

「これが……俺と……」

オズタークが自分と出会ったときの心象風景なのか。美しすぎて、にわかには信じられない。

「我が伴侶はこの世界の誰よりも、何よりも美しいと思った。愛らしくて、しかし私が抱き締めたら壊れてしまうのではないかと心配するほどに小さくて、だがその小ささすら愛おしいと思った」

「オズターク……でも、俺は……あなたが思うような、そんな……」

　きっと何日も一緒にいる間に、どんどん失望させただろう。ネガティブで臆病で泣いてばかりいる存在だ。

「リュリュ。お前の印象は一目見たその日から何も変わらない。それはこの部屋が証明してくれているだろう。私はお前の姿を見たとき、頑なに強張っていた心がほどけたのだ。私の世界はあの日から鮮やかなものになった」

「俺と、逢ってから……？」

「ああ、そうだ。その日からずっと、お前の姿を見るたびに私の心の中では可憐な花が飛んでいる。色鮮やかな花だ。――そう、こんなふうに」

　オズタークが漸く空を見上げて、雪のようにはらはらと振る淡い色の花弁に手を伸ばす。

「ユナ＝セラも、こんなふうに美しく穏やかな世界であってほしい。――そう思えるようになれた。私はお前と出会い、日々触れ合うことで漸く心の強張りが消えていったのだ。前王の大きな存在や、即位したという重圧から解放されたのだろう。すべてはお前と出会えたおかげなのだ」

「俺……そんな……何も……違うよ、オズタークは優しいからそう思ってくれるだけで、俺はそんな立派な存在じゃないんだ……本当に、……本当に……」

　オズタークに必要とされることは嬉しいけれど、あまりにも過大評価されすぎて受け止めきれない。

戸惑いに声を震わせるリュリュに、オズタークが頭を振った。

「やめてくれ、リュリュ。お前を泣かせたいわけではない。深く傷ついたお前を癒やしたいのだ。お前を愛したい」

「オズタークが……俺を……？」

愛したい。

今、愛したいと言ってくれた。

「俺を……？」

彼はなんて優しいのだろう。リュリュのすべてを知って尚、愛したいと言ってくれた。

傷だらけで、重たくて、みっともない感情を受け止めて、それでも尚、愛したいと言ってくれた。

「ああ、そうだ。今ならばはっきりとわかる。リュリュ、私はお前を愛している」

「……オズターク……」

彼の告白とともに、眩い花弁が降り注いだ。

地面では鮮やかな花々が輝き、そよ風に揺れながら花弁を散らし、花びらが二人の回りでくるくると踊った。世界が二人を祝福していた。こんな世界を見るのは初めてだ。リュリュは歓喜に震えて、温かな涙を流した。

「俺……あなたに会って信じたいって思えるようになったんです。巧くいかなかったけれど、前向きにならなきゃって、あなたに逢って思うようになれた」

最後の最後でまた心が折れてしまいそうだったけれど、彼が救ってくれた。

「ありがとう、オズターク。俺もあなたを――こんな駄目な俺で許されるならば、あなたを愛したい」

「リュリュ……ッ」

「だけど、俺、あなたに言えなかったことが一つだけある……！」

抱き締めようとしてくれる彼の腕を止めて、リュリュは言った。

「……それは、なんだ？」

「俺は……魔法使いなんかじゃない」

その言葉にオズタークは何も言わなかった。微かに眉を寄せ、蒼い瞳を怪訝《けげん》そうに細める。

「俺の記憶を見たならわかったでしょう。俺はただの売れないマジシャンだ。旅をして町や村を転々と移動しながら、なんとか日銭を稼ぐマジシャン。……みんなが尊ぶような魔法使いなんかじゃないんです」

やっと伝えられたけれど、リュリュの胸に安堵感はなかった。

「ごめんなさい。ずっと言おうと思っていたけど、でもあなたの笑顔や、みんなの喜ぶ顔を見たらできなかった」

「……お前を苦しめたのか」

「いえ！　俺がただ臆病だっただけだから。でも言わないとって思ったんです。――俺……」

いつも気を張ったようなオズタークの表情を笑顔にしたくて。マジック以外に自分に何ができるかと夜通し考えたけれど、結局何も見つからなかった。だから決めたのだ。

「魔法じゃないけれど、俺の大好きなマジックであなたを笑顔にできないかって思ったんです。中庭からあなたの元へ行こうとしたら、こんなことになってしまったけど……一時でいいから、重圧から解放されてほしくて……だから……」

「私を案じてくれたのだな」

「ずっと本当のことが言えなくて、ごめんなさい」

リュリュは鼻を啜り、俯いたまま小さく頷いた。

「……それでも俺を愛しいと思ってくれますか……？」

「当然だ。何を言う。私の愛を疑うな」

「オズターク……」

その言葉だけでリュリュの心は、魂は救われる。たくさんの悲しみと傷を得てきたけれど、彼に逢うための対価だったと、今ならそう信じられるほどにリュリュの心は満たされていた。

「見せてくれるか？　その、マジックとやらを」

「え…」

「私を想い、見せようと思ったのだろう。今、見せてくれるか？」

「――っ、はい！」

返事をしたあとで急に緊張でドキドキと胸が高鳴ってきた。いや、緊張ではない。マジックができる喜びだ。魔法ではなく、正真正銘マジックをオズタークに見せられることに全身が喜んでいる。

リュリュは大急ぎでシャツの袖を肘まで捲《まく》り、両手を広げてなんの仕掛けもないことを見せた。

オズタークは穏やかな表情ながらも興味津々な様子だ。パチンと指を鳴らすと、リュリュは手の平からぱっと小さな花を出した。

「おっ」と、オズタークが驚きの声を出す。

魔法ではない。これがリュリュのマジックだ。中庭でこっそり花を摘んでおいた。それをマジックの種にしただけのこと。パチン、パチンと指を鳴らすたびに色とりどりの花を次々と出した。そして手を重ねて、幾度か擦っていくと……。

「おお…！　溢れてきた！」

オズタークが目を輝かせて、声を弾ませた。大きな笑顔だ。

ああ、その顔が見たかったのだ。

リュリュが重ねた手の平を擦り合わせるたび、ぽろぽろと花弁が溢れ出てくる。花弁は指を鳴らす傍ら、こっそり掻き集めたものだ。そして最後に、ぱっと花弁を空へと投げる。

リュリュが投げた花弁が天上からはらはらと落ちてくる花弁と交ざり、二人の上で鮮やかに舞う。

「今はこれくらいしかできないけれど、もっともっとあなたに見せたい。これが俺のマジック」

「素晴らしい！　なんと美しい術だろう。やはりお前は魔法使いだ」

「種も仕掛けもあるんだよ？」

「そうだとしても、お前にしかできない術だ。お前の手から次々と生まれ出《い》ずる花々の不思議に見入ってしまった……素晴らしい魔法使いだ」

「だから、俺はマジシャンで……ああ、もういいや。ネタは明かしたし。あなたがそう言ってくれるなら、俺は魔法使いだよ」

「ああ、そうだ。花の魔法使いだ」

「なんだかいいな、それ」

リュリュは笑った。オズタークを満面の笑顔にしたら、リュリュまで大きな笑顔になっていた。

「最後に」

そう言って、オズタークの胸に優しく手を触れ、そっと離した。

「ぁあ……なんと」

リュリュが触れたそこには、水仙に似た、白い花――ユナ＝セラが一輪飾られていた。

「花の魔法使いから私に？」

「オズターク、あなたの治める国の名を持つ花を贈るよ」

「ああ、リュリュ。私の愛らしい人。どうか抱き締めさせてくれ」

再び引き寄せられて、リュリュの小さな躰はオズタークの腕に包まれてしまった。

腕の中には、一輪の可憐な花とリュリュ。甘く優しい香りがもう何も怖くないと教えてきて、うっとりとした気持ちにさせてくれる。

「俺、あなたが好きだ。オズタ一ク」

オズタークの胸に頬擦りしながら、リュリュが噛み締めるように言った。

「リュリュ……！」

俺なんかが好きになって、ごめんなさい。

そう言いかけた情けない自分の言葉を、リュリュはぐっと飲み込んでいた。だって謝ることなど何もない。それより、もっと別に言うことがある。

「俺……あなたに愛されて、もっともっと幸せになりたい。いっぱいいっぱいあなたを愛して、オズタ一ク、あなたを幸せにしてあげたい。……俺にもできるかな……？」

「できるとも！　できないわけがない！　私たちは深く深く愛し合い、強く強く結ばれるのだ」

「うん…！　うん……！」

涙を滲ませながら、リュリュは何度も大きく頷いた。幸せすぎて、頭がぽうっとして、なんだか躰がふわふわするようだ。こんな気持ちに自分がなれるなんて信じられなくて、夢を見ているようだ。もしかして本当に夢かもしれない。だって薬指の指輪がほんのりと光っているから。

「……え!?」

リュリュは彼の腕から半身を離して指輪を見た。淡く発光していたそれが、次第に光を強くしていく。小さいが、七色の閃光を放ちながら石の中心部を濃いピンク色に染めていた。

「あ…あ、……あ……」

リュリュは驚くあまり言葉にできず、オズタークにその手を見せた。彼もまた驚きに声を詰まらせているようだ。二人は目が合うと、途端に破顔して声を出して笑った。

「指輪が光ったよ！　光っちゃった！　魔法使いの指輪が光っちゃった！」

「光ったな。ああ、光ってしまった。やはり私の伴侶は正真正銘魔法使いだったのだ」

リュリュの手を取り、オズタークが指輪にキスをした。それだけでもびっくりしたのに、手の甲にもキスをされて、リュリュの瘦《や》せた肩がひくん、と小さく跳ねた。

「オ、オズターク……？」

慣れないことをされて戸惑いながら、頬が熱くなっていくのがわかる。

「すまない。私は嬉しいのだ。あの池から伴侶を引き上げるとき、その相手が私を心から愛してくれたらいいと願った。その願いが叶えられただけではなく、魔法使いとは……まさにお前は私の片割れだ」

オズタークの手が優しく頬に触れてくる。さらりとした感触なのに、触れられたところから熔けるように熱く感じられて、リュリュは気恥ずかしさと緊張に顔を強張らせながら、そっと睫毛を伏せる。けれど、オズタークの手に自らの手をゆるやかに重ねて指を絡めていった。

「俺……あの夜にあなたに触れられてから、思い出すたびにドキドキしてた」

こんなことを言ったら嫌悪されるだろうか。でもあの夜の感触を思い出すと、キスされた手の甲や、触れられた頬が熱くなっていくのだ。こんな経験は初めてだった。

伏せていた睫毛をそっと上げ、リュリュはオズタークを真っ直ぐ見つめながら言葉を続けた。

「……また触れてほしいと思ってた……」

「私もだ。またお前に触れたいと思っていた」

オズタークが吐息まじりに言った。

「あの夜、お前の肢体に触れて、あまりのやわらかさに驚いた。私の手や躰を熔かすようなぬくもりを知って、できることならば心だけではなく躰も繋がり合えたなら、どんなにいいだろうと……すまない。お前に先に言われて、感情が一気に溢れてしまった……とにかくだ。私も、触れたい」

オズタークはまるで自分自身を落ち着かせるようにかぶりを振って、リュリュを見返した。

「リュリュ、お前に触れたい」

蒼色をした眼差しは優しいのに、うっすらと情欲に色づいているのがリュリュにはわかった。

それはリュリュもきっと同じで、珍しく取り乱した彼の告白を聞いているうちに、抑《おさ》えきれない熱が全身に広がり、酷く火照らせていた。

「うん……俺に触れて……俺も……オズターク」

再び彼の胸に身を預け、薄いその唇へとリュリュは自らのそれを重ねた。

ふわりと、軽く押し当てるだけの稚拙《ちせつ》なキスだ。

深いキスの仕方なんて経験がないから知らない。ただ、あなたに触れたい。触れ合いたい。――その気持ちを込めたキスは拙い行為でも、その思いはオズタークにしっかり伝わったはずだ。

微かに吐息の熱を感じながら、ゆっくり唇を離していくと、鼻頭が触れ合う近さでリュリュははにかんだ。

「俺もあなたにいっぱい触れるから」

「勿論だ」

そう言葉を返してくれたオズタークの顔には優しい笑顔が浮かんでいた。新たなときめきを感じてリュリュまで嬉しくなる。こんなに幸せな気持ちばかりで、躰や心が溶けてしまわないだろうか。

大きな手が頬を包むように触れ、今度はオズタークから唇が重ねられる。

ふわりとしたやわらかな感触が唇全体に広がると、なぜか背筋がさわさわとしてきて落ち着かなくなるのが不思議だった。彼にキスをされると躰まで喜ぶのだろうか。きっとそうだ。

重ね合った唇の隙間から熱が伝わるのを感じる。熔かされていくような熱だ。キスをしながら隙間を少し大きくした途端に、ぬるりとしたものが入ってきた。

つい驚いてしまい「ん」とリュリュが小さな声を洩らすと、声と一緒に肩が跳ねた。

キスをされたら躰まで驚くのかと、初めての発見にリュリュが密かに感心していると、オズタークが唇を離した。

「お前の中が温かい」

「うん……オズタークの中も。キスって、こんなにびっくりするものなんだ……」

「ああ」と、感嘆《かんたん》の吐息を零したあと、オズタークが再び唇を重ねてきた。今度はすぐに舌が入り込んできて、口腔《こうこう》内を探っていく。肉厚なそれがリュリュの中を隅々まで撫でていくのがくすぐったくて、でもやわらかな感触にうっとりする。

彼にも同じことをしたら喜んでくれるだろうか……。おずおずとリュリュが自分から舌を絡めていくと、オズタークがごくりと喉を鳴らして、前のめりになった。大きな躰に圧倒されて後ろへ倒れそうになると、逞《たくま》しい腕が後ろ頭と背中を支えてくれる。

リュリュも彼の肩へと腕を回して、一層深いキスを味わった。

熱い吐息に蕩けながら、幾度も舌を重ね合い絡め合い、唾液が口の端から零れるのもかまわずに角度を変えながら、熱くて深い密着を味わった。

オズタークは躰が大きい分、求めてくる舌も大きくて深くまで弄《なぶ》られると、口の中がいっぱいになるようだった。まるで彼の舌を頬張っているようだとふと思い、小さく笑ってしまった。

「今、なぜ笑った？」

リュリュの反応を一つとして見逃すまいとするように、オズタークが口腔内の愛撫を中断して訊いてきた。それでもキスを止める気はないらしく、ふやけそうなほどに濡れた唇や顎を伝う唾液を舐め取っていく。

「オズタークの舌が大きいから、口の中いっぱいだなって……」

「私としては、もっともっと味わいたい」

「うん……俺も、オズタークとのキス、好きだよ……もっと……」

してほしい。と言うより先にまたやわらかなそれがぬるりと入ってきて、うなじがざわついた。

キスだけで躰が疼く。もっと深いことをしたら、この躰はどうなってしまうのだろうか。

もっと深く触れられてみたい。――そう思った途端。

「ふぁ、…ん」

下腹の辺りに鋭い痺《しび》れが走り、リュリュはキスの途中で咄嗟に喉を反らせた。

そして自分の反応に驚いて、小さく目を見開いた。

「は…今、躰の中がビリッとして……あなたにもっと触れられたらどうなるんだろうって思ったら……俺、ドキドキして……はあぁ……」

たった一撃の、体内を駆け抜ける感覚のせいで、全身がうずうずしている。オズタークの腕の中でリュリュは身悶《みもだ》えた。その様子を蒼い双眸が凝視《ぎょうし》する。

「オズターク……俺、……熱い」

肉欲を滾らせ爛々としている瞳にまで反応するようで、小柄で痩せた躰が汗ばむほどに焦れている。

見ていないで触って。お願いだから、この疼きを鎮めて。

恥ずかしくて言えない言葉の代わりに、涙に潤んだ瞳でじっと見つめ返す。そしてシャツの結び目を一つ、二つと自ら解いていくと、オズタークがリュリュの躰をゆっくりと花の絨毯に横たえていった。

「いい。私が」

結び目を解く手を捕まえられた。今度はオズタークが解きはじめたけれど、彼の大きな手では少しやりづらそうで、もどかしさに白い眉間に皺が刻まれ、みるみる深くなっていく。

「やっぱり俺が」

「縫製係にはもっと太い紐にせよと言おう」

不満そうに手を離したオズタークに、リュリュが笑う。

「でも俺のために丁寧に作ってくれているんだよ。どうか怒らないで、代わりにまたキスをして」

肩に回した腕でオズタークを引き寄せながら、リュリュからくちづけをした。触れ合う直前まで少し不機嫌だった表情が、間近で目を合わせた途端にふわりと穏やかな笑顔に変わって、重なる唇の感触まで優しかった。

ちゅ、ちゅ、とリップ音を立てながら、追いかけたり、逃げたりするようなじゃれるキスに、オズタークはくつくつと笑う。リュリュもくすくすと密やかな笑みを零して、彼の唇を甘噛みした。

「なんと、愛らしい」

オズタークが嬉しそうな声を上げて、深いキスをしてきた。再び隙間なく口腔内を貪《むさぼ》られて、息苦しさの中で熱に溺《おぼ》れる。ねろねろと動く肉厚の舌が気持ち良くてうっとりした。愛撫を返すようにリュリュも自ら舌を絡めていき、唾液の中で睦《むつ》み合い熔け合う。

彼の手が開けたシャツの隙間から入ってきた。いきなり胸の突起を手の平で撫でられて、乾いた感触にひくんと躰が跳ねた。その反応で、つい唇が離れてしまうと、オズタークが惜しそうに下唇を舐めなぞり、甘噛みしてきた。

「ぁ、んぅ」

硬い歯が唇に食い込む刺激で声が震える。さっきから恥ずかしい声ばかり出てしまうけれど、そのたびにオズタークが嬉しそうにしてくれるので、照れくさいながらもリュリュは安心した。

大きな手の平が胸を包むように撫でてきた。

手の平全体で弧《こ》を描きながらゆっくりと肌をすべる。そのたびに左右の突起が角度を変えて時折潰される。刺激はくすぐったいのに、その一方で胸をドキドキさせてリュリュの躰を疼かせる。

「ん、ぁ…あ、ん……んん」

胸への優しい愛撫に途切れ途切れの声が零れると、「もっと声を」とオズタークが囁《ささや》いて、唇を舐める。ねっとりとした舌の感触にもリュリュは蕩けて、気怠い吐息を零した。

キスをされると、そこからとろとろと熔けていく。粘膜《ねんまく》が触れ合い、舌がねっとりと絡んで吸い付くと、二人が一つになるようだ。嬉しい。

「何度触れ合っても、まだまだお前の唇が欲しくなる。唇だけではない、ああ……私はこんなにも強くお前を欲していたのか……」

「俺も……俺もだよ……」

熱い吐息を零して、リュリュはオズタークの上着を脱がせていった。

その間にも繰り返し唇を貪り、オズタークのほうでは時折リュリュの顎や首筋にまでキスを落としてくる。

リュリュはシャツを脱がされた。

散々胸を揉まれて、肌が熱を帯びていた。さきほどまでは撫でられるたびにさらさらした感触を覚えていたのに、今は汗でオズタークの手の平が吸い付くようになっている。それでも尚、丹念に撫でられると、小さな突起がジンジンと痺れてきた。

「ん！　んっ」

ずっと愛撫されていると、チクチクと刺すような刺激がはじまるなんて知らなかった。胸の敏感なところを刺激され、初めて覚えた快感が一層躰の芯を疼かせていく。それは同時に下腹の辺りを熱くしてきて、リュリュを戸惑わせた。

下着の中が熱くて、しかも大きくなっている気配。セックスの経験がなくたって、自慰《じい》の経験はあるから、そこがどうなっているのか確かめなくてもわかってしまう。リュリュが躰をもぞもぞとさせていると、オズタークの手が下りてきた。

「あ…そこは……」

「ああ、わかっている。触れさせてくれ」

オズタークが上着を脱ぎ捨て、中のシャツまでも取り去ると、引き締まった雄々《おお》しい肢体がリュリュの目の前で露わになった。無駄のない肉体に整った顔立ちをした愛しい人には立派な角が生えている。山羊の角に似たその太く重たげな角に触れてみると、硬くてひやりとしていた。

「ああ、すまない。お前を捜すのに少しばかり力を解放したのだ。その際に角が出てしまった。恐ろしいだろう。今、消す」

「ううん。もう大丈夫だから。格好いいよ。でも重たくないの？」

「重さは気にはならない。だが、今は少し邪魔だ。それにお前のこの滑らかで玉のような躰を傷つけてしまうのは嫌なのだ」

そう言うと、角の鋭い部分から瞬く間に消えていき、オズタークがぶるっとかぶりを振った。

「魔力で消しているの？」

「ああ。消すのも出すのもだ。——実を言うと、出すのは角だけではない」

オズタークがふっと苦笑した。

「ユナ＝セラが私を創った。つまりこの世界に私と同じ種はいない」

「うん」と、リュリュは頷く。

「つまり、生殖器がないのだ。お前の、これのようなものが……」

「やっぱり俺と躰の構造が違うんだね。それでも俺はかまわないよ。あなたと触れ合えるだけで、凄く幸せだし、信じられないくらいに心が満たされている」

「ありがとう。そう言ってくれるのは嬉しい。だが……その……ここからが本題なのだが」

オズタークが急に言いづらそうな口調になる。気にすることはないのに、とリュリュは思った。今だって幸福感でいっぱいなのだ。何も気まずいことはないし、やろうと思えば恥ずかしいけれど自己処理だってできるのだ。

「あの夜、お前に触れてからというもの……無いはずのものが勝手に……」

「え？」

「我が本能に呆れるというか、一体どれほどお前と繋がりたいと思っているのだろうか。意図せず、私にも生殖器ができてしまった。……おそらく生殖という機能はない。あっては王花の存在意味がなくなるのだから、あるはずもないのだが……」

　難しい顔をしてしどろもどろになるオズタークに、リュリュは笑った。

「どうして今までずっと隠していたの？」

「……お前に告白することで、感情が昂ってしまっても迷惑になるかもしれんと思ってな。これに関しては誰にも言えず、正直なところどうしていいものかと自分でも持て余していた」

　ふふっ、とリュリュはたまらず噴き出した。オズタークが困惑するのもわかる。突然あるはずのないものが生えてきたなんて、リュリュでも困ってしまう。

「見ても、いい……？」

　オズタークが頷いた。少し気恥ずかしそうなその表情にリュリュは微笑んで、ボトムスに手を伸ばす。既にそこは大きく張っていて、リュリュのものよりも窮屈そうだ。前の合わせを外そうとすると、「私が」と先に寛げてしまった。

　開いた前の合わせから下着がはみ出てきて、中のものがどれほど立派なのかを教えてくれる。

リュリュがおずおずと下着の中へ手を入れると、手の平にずしりと重みを感じた。しかも熱い。うっすらと汗ばむものを外へ出すなり、上を向いたそれは噎せるような雄の香りを立てた。

「お前のも」

「ん…あっ」

リュリュが前を開けようとしたが、それより先にオズタークに下着ごとボトムスを脱がされてしまった。一糸《いっし》纏わぬ姿になり、恥ずかしさと期待に躰が火照る。

大きな手の中で、彼に比べると小振りな性器が露わになって、気恥ずかしい。

「愛らしい。まるで花の蕾のようだ」

「ちっとも嬉しくないよ、そんな言い方……俺だって男なんだからさ……もっとこう……もういい！」

そもそも二メートル近い彼と、百六十五センチもない小柄な自分が諸々のサイズを比べたところで意味はない。とはいえ、急に生えてきたものが生まれつき付いているリュリュのものよりも大きいのは、ちょっとムカつく。

「そう拗ねるな。お前への愛の大きさだと思えばいいだろう」

「俺のは？」

「愛くるしさだ」

「だから！　もう！」

むくれて怒ったリュリュに、オズタークが笑った。

「怒ったお前も可愛いものだが、今は機嫌を直して甘えてくれ」

キスをすれば許すと思ったのだろうか。そんなわけがないだろう――なんて思った矢先に飲み込まれそうなほど情熱的な舌の愛撫に蕩けて、どうでも良くなってしまった。くちゅ、と唾液が絡む音を立てて舌と舌とでくすぐり合う中、オズタークがリュリュの性器を上下に摩ってきた。

「んっんんっんー…っ」

根元から先へと擦られるたび、ビクビクと腰が震える。リュリュも同じように大きく張った彼のものをしごくと、キスをしながらオズタークが呻いた。

性器への愛撫が強くなっていくのと比例するように、くちづけがどんどん深くなっていく。唾液を啜り合い、互いに唇を啄《ついば》んで、浅い吐息を混ぜ合いながら高め合っていく。

「あっ、あ！　――……オズターク……俺……、……もう……――！」

大きな手が全体を擦るせいでリュリュの限界が近付いた。たまらず声を上げて訴えるのとほぼ同時に、リュリュはオズタークの手の中で精を吐き出した。

「は、ぁ、ん、んぅ……は……は……」

喉を反らし、腰を浮かせながら射精の快感にわななくと、口いっぱいに溜まった唾液を飲み込む。

遅れて濃い疲労感がやってきたが、吐精の解放感が心地よくてうっとりとした。

「あ、……ごめん、今……」

いけない。リュリュばかりが気持ち良くなって、オズタークの昂りが手の中でほったらかしにされていた。まだ硬いそれは薄皮の中で爛《ただ》れそうなほど熱を持っている。リュリュが慌てて半身を起こそうとすると、オズタークが制止した。

「リュリュ、お前が許してくれるのなら、私はここで……」

後孔に触れられて「あっ」と、小さな声が洩れた。

「深く繋がりたい」

「ど、どうしてそこでするって、知ってるの？」

「過去にも王と同性の伴侶はいたのだ。睦言《むつごと》の詳細こそ文献にはないが、ある程度の情報は後世に伝えられるからな。これも歴代の王の務めだ」

「お、俺たちのことは伝えちゃ駄目だからね……オズターク、余計なことまで詳しく書き残しそうだから……」

「……気を付けよう」

「返事に少しの間があったのが気になるんだけど」

「唯一無二の伴侶を自慢したくなるのは、当然のことだと思うのだが……考慮はする」

「こうして歴代の王様たちの惚気《のろけ》話が後世に伝えられていくのだと思うと、伴侶ってのも大変だ。二人だけの秘密を暴露されちゃうんだから」

「伴侶がどれほど素晴らしく愛らしいかを伝えたいだけなのだがな。難しいところだ」

困ったように言葉を零しながらも、オズタークの指がリュリュの中を弄りはじめていた。気を遣いながら、ゆっくりと襞《ひだ》を開いていき、先にリュリュが吐き出したものを丹念に塗り込めていく。

躰の中でオズタークの指を感じる。はじめはムズムズとしていただけなのに、指を二本に増やされて中を拡《ひろ》げられていくと、いずれ本当に挿《い》れられてしまうんだという不安が湧いてきた。その一方で、期待している自分もいて、どう反応していいかわからない。ただ彼の望むようにさせて、右脚を深く折るように言われると素直に従った。

リュリュは折った右脚を自分で押さえ、後孔の刺激に戸惑いながらもオズタークをじっと見上げた。真剣な顔をして、また少し怖い雰囲気だ。それほどリュリュを気遣い、丁寧に扱おうとしてくれているのだろう。優しさを感じながら、とにかく力を抜くことだけに気持ちを集中させる。

二人が出会ったのは運命なのだから、きっと受け入れられる。深く深く繋がって、一つになれるだろう。オズタークのそれを中で感じてしまったら——そう思うと、体内に微かな痺れを感じてしまい、リュリュは息を詰めた。

「感じるか」

興奮を滲ませてオズタークが訊いた。指がいつの間にかまた増えていた。

「わからない……だけど、今、凄くドキドキした。……大丈夫、俺、ちゃんとオズタークと繋がれると思う。だから来ていいよ。……早く、オズタークを感じたい」

「リュリュ……っ、ああ、なんという……お前の愛くるしさは必ず後世に伝える」

「も…、……俺だって男なんだからな」

「性別など関係ない。お前の愛くるしさは特別なのだ」

甘やかされているような気がするが、オズタークが活き活きとしているのはリュリュも嬉しい。

リュリュが再び彼の肩に腕を回すと、そのまま軽々と持ち上げられた。膝の上に座らされ、向かい合う体勢になるとどちらからともなくくちづけをして、とろとろとした熱と愛撫を与え合う。キスすることで、躰の力が抜けていった。リュリュがオズタークに身を任せると、腰を持ち上げられて躰が少し浮く。

濡れた後孔に彼自身の先が触れて、「ふぁ」と甘い声が洩れ、小さく驚いたリュリュの躰がゆっくりと落とされていく。

「ンッ……ンー……！」

襞が開かれて、限界まで伸びる。痛みよりもリュリュの肉を割って挿入《はい》ってくる質量に圧倒されて、背筋を強張らせたが、オズタークがこちらに意識を向けろというように、舌の先を甘噛みした。

微かな痛みにヒクンと躰が跳ねて、口淫の甘さに熔ける。

くちゃくちゃ、ぴちゃぴちゃと唾液の音を立てながら、口腔内の深いところまで舐められ、舌裏をくすぐられている間に、やがてオズタークの大きな楔《くさび》はリュリュの小さな躰の中へと収まっていった。

「は……ぁ……あ、……す、ごい……」

リュリュの中に隙間なくぴったりと収まったそれが、強烈な熱さをリュリュの躰に教えていた。中から甘く熔かされるようで、何も怖くない。寧ろ感動的で、このままずっと二人で繋がっていたいくらいだ。

「きっと魔力が溢れている。お前を苦しめないように、そればかりを願っていたから」

「うん……オズタークの優しさをいっぱい感じる……こんなにいっぱい……はあ……んぅ」

少しでも動くと、硬い楔がリュリュの中を擦って存在感を訴える。それは甘い波紋となって下腹全体に広がり、リュリュを熔かす。リュリュが身をくねらせると、オズタークもいいらしく、吐息を震わせた。

「痛くはないな」

「うん。気持ちいいだけ。……いいよ。あなたの好きにして。俺をいっぱい愛して」

「勿論だ。お前の熱を感じて、お前の中で果てる」

「うん」と頷いたリュリュの躰が小刻みに揺さぶられはじめた。

「ふ、ぁあ…っ、あ…ぁ…っ」

繋がったそこから断続的に鈍い快感が広がっていく。はじめは下腹と腰の辺りがもやもやとしていき、やがてそれが快感だと気が付いた。揺さぶられる動きが大きくなればなるほど、快感は強くなりリュリュの躰の中でぐちゃぐちゃと暴れはじめた。

「あっ、あっ、あ！　あンぅう…っ、んっ、オズターク…ッ」

慣れない刺激。慣れない熱。慣れない快感。慣れない衝撃。それが一気にリュリュを掻き乱していき、助けを求めるようにオズタークにしがみついた。汗ばむ頬で頬擦りしながら、喘ぐ唇で頬や顎や

こめかみにキスの雨を降らしていく。

どんどん追い詰められて怖いけれど、でも深く繋がり合ったことが嬉しいとリュリュは伝えたかった。浅い呼吸が苦しくて言葉には出せないけれど、たくさんのキスの雨を降らして、どれほど愛しているか知ってほしかった。

「リュリュ……！　リュリュ……！」

下から楔を突き上げながら、オズタークもリュリュにキスをした。時折唇と唇が触れ合い、歯をぶつけ合うような間抜けなキスを交わしながら、二人の躰は絶頂へと昇り詰めていく。

「ああ！　また……あぁあ！　オズタークッ、オズターク……――――！」

急にガクガクと躰が震えだして、止めることができなかった。

「くっ、……ぅう……――――！」

そのままリュリュの躰は絶頂に飲み込まれて、二人の間で精を放った。遅れて、オズタークが苦しそうに息を呑み、精を搾り出すように喘いだ。途端にリュリュの中で甘く熱いものが弾けて、腹の中で広がり緩やかに波打っている。

これは彼の魔力だろうか。甘露《かんろ》な感覚に、本当に蕩けてしまいそうだ。

気怠い吐息を零しながら四肢を脱力させたリュリュは、オズタークの胸の中で崩れた。彼は激しく呼吸をしながら、感極まったようにリュリュの細い躰を抱き締めてくれる。

「リュリュ……私の伴侶。……お前のすべてを愛してる」

「オズターク……俺も。俺だけのオズターク——とは言えないけど、今だけは」

「何を言う。私はお前のものだ。私たちは二つで一つなのだ」

「うん……」

すべてが愛おしいのはリュリュも同じだ。

未だ情欲を滲ませる蒼い瞳にリュリュが微笑むと、二人はまた唇を重ねる。

二人の愛を祝うように、天上からはらはらと雪のような花弁が降っていた。

*

——ギ…と、重たげな鉄扉が開かれ、オズタークが先を歩いた。

リュリュはその後ろを付いていく。石の階段を下り切ると漸く彼と並んだ。

「手を」

ふいに差し伸べられた大きなその手を、リュリュは取った。

二人並んで歩き出す後ろで、老司祭と何人かの側近たちが不安げに見送っている。しかし老司祭には前もって二人きりにしてほしいと頼んでいる。

彼らもきっと不安だろうし、儀式を最後まで見届けたいだろうが、今日は王の頼みを聞き入れて、ゆっくりと鉄扉を閉ざした。

前方には、見上げるほどの巨大な水仙のような白い花が咲いていた。

今日はリュリュがユナ＝セラへ来て、七日目だ。

国の名が付いた巨花は日付が変わるとともに枯れるのだそうだ。つまり、今日が最後のチャンスだった。

「長い一週間だったな。こんなに目まぐるしくて充実した七日間はなかったよ。全部ユナ＝セラのおかげだね。そして俺を引き上げてくれたオズタークのおかげ」

「私こそ、これほど胸がときめいた日々はなかった。リュリュ、お前という存在のおかげだ」

ありがとう。と、礼を言われたけれど、リュリュも同じ気持ちだ。二人は繋いだ手に少しだけ力を込め合った。

今朝、いつもの部屋のベッドで目を覚ましたリュリュは、朝食を取るよりも先に風呂へ入れられた。

バスタブにはなぜか水面を覆うほどの花々が浮かんでいて、世話をするメイドたちがやけに愉しそうだった。普段から表情が読み取りづらい二人なのに、それでもわかるほどだからよっぽどだろう。

訊かずとも、昨夜のことを知られているのだろうと察したリュリュは、気恥ずかしさに湯の中に沈んでしまいたくなった。

入浴後に身支度を整え、朝食はオズタークとリュリュの部屋で一緒に食べた。そのオズタークも部屋へ来るなり強く抱き締めてきた。

「昨夜はよく休めただろうか。意識のないお前を置いて出て行くことなどしたくなかったのだが、如《い》何《かん》せん大臣たちが腹を立てていてな……。私が執務中に抜け出したせいとはいえ、伴侶のお前を蔑《ないがし》ろにするなど本来あってはならないことだというのに」

少し根に持っているのか、若き王は不機嫌に吐息を洩らして続ける。

「私はお前の艶やかな姿を思い出してばかりいたので、少しばかり寝不足だ。しかし思い出に耽《ふけ》ることは悪くない。寧ろ夢に出てきてほしいくらいだ」

――なんて晴れ晴れとした顔で言ってくる。

メイド二人にも聞こえているので一層気恥ずかしくなってしまい、自分がなんと答えたのかよく覚えていない。とはいえ、いつも硬い表情だったオズタークが柔和な笑顔を見せてくれることは、なにより嬉しかった。

朝食を終えて、二人は城の地下に咲く花の前に、手と手を繋ぎながら向かおうとしていた。

「……ねえ、オズターク。もしもまた儀式に失敗したらどうする？」

心も躰もオズタークと深く結ばれているとリュリュは思う。これ以上ないほど絆を強くして、今二人は並んで歩いているのだとリュリュは信じている。――でも結実の儀式が成功するかどうかはまた別だ。それは、ユナ＝セラが決めることなのだ。

二人はできるかぎりのことをしたのだから、仮に儀式に失敗したとしてもきっと悔いはない。少なくともリュリュはそう思っている。

ささやかな疑問を愛しい人に投げかけると、「そうだな」とぽつりと言葉を零して、オズタークはふっと笑みを描いた。

「そのときは、期待を裏切ったことと短い統治期間でなすべきことができなかったことを、民とこれまで支えてくれた父や母、そしてアタハンや大臣たちに謝ろう」

オズタークの言葉にリュリュは頷いた。

「それからはお前と消滅するまでともにいる」

「お仕事は……？　だって次の王様へ伝えることがたくさんあるでしょう？」

「新たな王は新たな王だ。私とて父から突然王位を譲られたのだから、私がどうこうしなくても大臣たちが良いようにするだろう。そもそも最後の最後まで仕事に追われて消え失せるなど、到底受け入れがたい。断固拒否する。仮に大臣がそうさせようとしても、私はお前とともに部屋に籠城する」

「じゃあ、俺だけがオズタークの援軍だ。そうなったら部屋の扉は死守するよ」

リュリュはそう言って笑った。当然だとオズタークも笑う。しかしふと笑みを解くと、やわらかな瞳をリュリュに向けた。

「たくさん話をしよう。たくさんお前の話を聞いて、私の拙い王としての話も聞いてほしい」

「うん、勿論」

なんだか儀式が失敗してしまうほうが楽しみになってきそうだ。いけないいけない。

「それから——お前が許してくれるならば、また触れ合いたい」

「っ——……うん」

そういうことを、さらりと言ってくるのだから、不慣れなリュリュはこそばゆくて照れてしまう。

頬を赤くしながら一つ頷く。

「俺も……俺もそうしたい」

はにかみながら答えると、オズタークは険しい顔で空を仰いだ。アーチ状のドームの天井には重たい闇が停滞している。急な反応にリュリュは小首を傾げた。

「どうしたの？」

「いや……儀式が失敗したら、すぐさまお前を抱き上げて寝台へと行こうと今決めた」

「民や大臣に先に謝るんでしょう」

「そうだが。……ううむ、もどかしい……躰が二つ欲しい」

「オズタークったら」

オズタークがころころと表情を変えていく様子が見ていて愉しい。釣られてリュリュまで笑顔になってしまい、これから生死の選択を迫られる儀式に臨む雰囲気ではなくなってしまう。

しかし、池の水へと二人で足を浸《つ》けると、徐々に緊張が高まってきた。

濡れた脚で池の中心にある小島に上がる。これで四回目だ。水気はさーっと音もなく引いていき、脚はすぐにも乾いた。

「明日には枯れちゃうんだね……こんなに綺麗なのに」

「ああ。新たな王のためにいずれまた蕾が付くだろう。王花は国があるかぎり真に枯れることはない。ただ、そのとき咲いた花が枯れるだけだ」

「そっか……できることなら、次の王様を抱っこしてみたいな、角、生えているのかな？」

「私はあとから生えてきたが……、私はリュリュ似だったらいいと思う。私似では、母にまた文句を言われそうだからな……」

「あれは愛情表現だと思うよ」

　ことあるごとに「顔が怖い」と文句を言っていたアンリエットを思い出して、ふふっ、とリュリュは笑った。

　オズタークの素敵な両親を悲しませたくはないけれど、でもすべては運命に委ねよう。

　二人は一瞥し合い、ユナ＝セラの茎に手を触れた。

「オズタークはなんて祈る？」

　リュリュは尋ねた。

「そうだな。……以前は儀式の成功を願っていた。だが、最後となった今は変えようと思う」

「なんて？」

「私たち二人の子を、抱かせてくれ――と。今、お前が言ったことを願う」

「俺もそうする。二人で抱っこしたいって」

この国の次の王だとか、儀式の成功だとかいうことよりも、もし二人の子が実るのならば抱っこしてみたい。二人の願いが結実した子を抱き締めてみたいとユナ＝セラに願おう。

オズタークとリュリュはうきうきとした気持ちで願った。

今までは儀式の成功ばかりを祈っていたが、最後の日の今だけは違う願いを、二人で同じ願いをユナ＝セラに託した。国のことや民のことなど考えずに、ただ二人きりの願い。そんな自分勝手な願いを王花が聞くとは思えないが、もういいのだ。心は満たされていた。

ゆっくりと目蓋を開けて、リュリュは花を見上げた。少し遅れてオズタークも顔を起こして、「ああ」と静かな声を洩らした。

花は何も変わらないまま、静かに咲いている。

駄目か。

――そう、リュリュが言いかけたとき、りん！　と、微かな鈴の音がした。続けて、りんりん！　と、弾んだ音が二人に近づいてきた。

その鈴の音は聞き慣れたものだった。振り返ると、白い子猫が全身を淡く発光させながら、軽やかな動きでリュリュの肩に飛び乗ってきた。

「ルーカス！　今までどこにいたの？」

「なに？　誰だ？」

「いえ、あっ、ええと…」

驚いたリュリュにオズタークが眉を顰め、リュリュは返事に詰まった。

ルーカスは白い部屋に飛ばされたときから、ずっと姿が見えなくなっていたのだ。急に現れたと思ったら、リュリュの肩やオズタークの周りを愉しそうにくるくると回っている。

とにかく無事で良かった。ぴょんぴょんと跳ねる愛くるしい姿を目で追うと、隣でオズタークが怪訝そうにしている。小さな相棒をどう説明したらいいだろう。

　密かに悩んでいると、ルーカスが肩に乗って全身を擦り寄せてきた。

『リュリュ！　リュリュ！　ありがとう！　花を落としてごめんね！　あれはわざとじゃないの！　ぼくもびっくりしちゃったの！　また逢おうね！』

「え…？」

　また逢う、とは――？

　今の言葉をリュリュが不思議に思うと、ルーカスはオズタークの肩に飛び乗り、立派な角に頬擦りをした。

『王様！　王様！　大好きな王様！　ありがとう！　ありがとう！　すぐに逢いに行くね！』

「ルーカス……？」

　すぐに、とは、どういう意味だろう。

　ルーカスは再びリュリュの肩へと飛び移り、濡れたピンクの鼻がちゅ、と音を立てて頬に当たった。

『リュリュ！　大好き！』

ルーカスが空を駆ける。

白い巨花目がけ、ぴょんぴょんと跳ねながら、細い尻尾を愉しげに揺らして駆けていく。

『すぐに行くね！　いっぱい、いっぱい抱っこしてね！』

「――……っ……お前っ……！」

軽やかに鈴を鳴らしながら、子猫はやがて強い光を放つと花に溶けていった。

あの子は、あの不思議な子猫は、ずっと花の中にいながら自ら姿を変えて、二人を応援していたのだ。そのことにリュリュが気付くと、白い花はゆっくりと花弁を閉じていき、瞬く間に大人二人でも抱えきれないほどの果実へと変化していった。

「一体、何が起きたのだ？　お前には何か見えていたのか？」

オズタークは少し混乱しているようだ。リュリュも、ルーカスの正体を今知って、驚きを隠せない。

しかも花は結実した。

「……儀式が成功しちゃったよ」

「ああ。散々祈っても駄目だったのに、最後は一瞬だったな」

「うん……俺たちの子を抱っこできるね」

「そうだな。愉しみだ」

願いを宿した実を見上げたあとで、二人は互いに笑い合った。

そして、成功の興奮と喜びを噛み締めながら唇を重ねていた。

あとがき

こんにちは、はじめまして。鏡《かがみ》コノエです。一部の方はお久し振りですね。ちょっと早めにお逢いできて嬉《うれ》しいです。

リンクスロマンス様より三冊目の本を出させて頂きました。「異世界の王に愛の花はほころぶ」です。お手に取って下さりありがとうございます。感謝感謝です。

素敵なイラストを手がけて下さったカズアキ先生。ありがとうございました！

今回は書き出す前からカズアキ先生と決まっていたので、先生ならばこんな感じかな…と、あれやこれやと想像しつつイメージを膨らませながらの愉しい制作になりました。

繊細なタッチのリュリュが可愛らしくて！　オズターク素敵でした！

今回担当Tさんより「異世界モノはどうですか？」と提案があり、異世界モノだと…!?と、ビビり散らかしどうにかこうにか挑んでみたところ、王様とマジシャンの物語になりました。

プロットの段階で悪戦苦闘の連続で「異世界モノって難しいですね…」と途中二人で弱

あとがき

音を零《こぼ》してみたりして。迷走しはじめた頃「私たちは！　受ちゃんを！　幸せにしたいんだー！」と、声を合わせてみたり。

担当Tさんには頭が上がりません。あまり書き過ぎると、「私のこと、またそんなっ」と怒られてしまうので、この辺で。編集部の皆様、校正様ありがとうございます。

魔導師とか魔術師とか格好いい名称もあったんですが、あえて「魔法使い」にしたのは、十二歳のリュリュがそう思ったからです。

二人のメイド、メリーとアリスは大昔に出した同人誌に出てきた子たちです。外見も性格も違うのですが、久し振りに書けて愉しかったな。電子で出ていますので、うっかり見つけたら「ああ、この子たちか」と思ってください。猫ちゃんが書けたのも幸せでした。

異世界モノなかなか大変でしたが、愉しんでいただけたら嬉しいです。

感想そわそわしながらお待ちしていますね。

なにより、またお逢いできることを願っています。

二〇二一年四月　鏡コノエ

LYNX ROMANCE

イラストレーター募集

リンクスロマンスでは、イラストレーターを随時募集いたします。

リンクスロマンスから任意の作品を選び、作品に合わせた
模写ではないオリジナルのイラスト（下記各1点以上）を描いてご応募ください。
モノクロイラストは、新書の挿絵箇所以外でも構いませんので、
好きなシーンを選んで描いてください。

1 表紙用 カラーイラスト

2 モノクロイラスト （人物全身・背景の入ったもの）

3 モノクロイラスト （人物アップ）

4 モノクロイラスト （キス・Hシーン）

募集要項

＜応募資格＞

年齢・性別・プロ・アマ問いません。

＜原稿のサイズおよび形式＞

◆Ａ４またはＢ４サイズの市販の原稿用紙を使用してください。
◆データ原稿の場合は、Photoshop（Ver.5.0 以降）形式でＣＤ－Ｒに保存し、出力見本をつけてご応募ください。

＜応募上の注意＞

◆応募イラストの元としたリンクスロマンスのタイトル、あなたの住所、氏名、ペンネーム、年齢、電話番号、メールアドレス、投稿歴、受賞歴を記載した紙を添付してください（書式自由）。
◆作品返却を希望する場合は、応募封筒の表に「返却希望」と明記し、返却希望先の住所・氏名を記入して返送分の切手を貼った返信用封筒を同封してください。

＜採用のお知らせ＞

◆採用の場合のみ、６カ月以内に編集部よりご連絡いたします。
◆選考に関するお電話やメールでのお問い合わせはご遠慮ください。

宛先

〒151-0051 東京都渋谷区千駄ヶ谷４−９−７
株式会社　幻冬舎コミックス
「リンクスロマンス　イラストレーター募集」係

この本を読んでの
ご意見・ご感想を
お寄せ下さい。

〒151-0051
東京都渋谷区千駄ヶ谷4-9-7
(株)幻冬舎コミックス　リンクス編集部
「鏡《かがみ》コノエ先生」係／「カズアキ先生」係

リンクス ロマンス

異世界の王に愛の花はほころぶ

2021年5月31日　第1刷発行

著者……………鏡《かがみ》コノエ
発行人…………石原正康
発行元…………株式会社　幻冬舎コミックス
〒151-0051　東京都渋谷区千駄ヶ谷4-9-7
TEL 03-5411-6431（編集）
発売元…………株式会社　幻冬舎
〒151-0051　東京都渋谷区千駄ヶ谷4-9-7
TEL 03-5411-6222（営業）
振替00120-8-767643
印刷・製本所…株式会社　光邦
検印廃止

ISBN978-4-344-84863-4 C0293
Printed in Japan

幻冬舎コミックスホームページ　https://www.gentosha-comics.net